文庫 JA

930〉

フリーランチの時代

小川一水

早 川 書 房

6321

目　次

フリーランチの時代

フリーランチの時代

「生きる？　それとも死ぬ？」

「……生きたい」

「いいえ、希望を訊いているんじゃないの。選ぶの。生きる？　死ぬ？」

「生きるわ」

ハムレットばりの選択を迫られた一時間後、橿原三奈《かしわらみな》は宣言どおりに生きて、地面に横たわっていた。

「うそ……」

信じられずに何度も瞬《また》きし、両手で自分の体を撫で回した。分厚いグローブが分厚い宇宙服をがさがさと這い、顔に触れようとするとポリカーボネイトのヘルメットにさえぎられた。体を起こして周りを見ると、ばら色の空と赤茶けた地表が目に入った。酸化鉄の砂の下は厚さ十メートルに達する氷床だろう。

三奈は天国にも地獄にも行かず、依然として火星の地表にいた。ひょっとして知らないうちに地球へ運ばれてきたのかとも思ったが、この光景は探査隊員として一年間暮らした火星エリシウム平原のものに間違いなかった。

しかし、宇宙服の腹には拳が入りそうなほど大きな裂け目があった。

体のそばに惑星間通信用の大きなパラボラアンテナが倒れていた。三奈はそれを一人で設置しようとして、ついポールの根元を腹で支えてしまったのだ。低重力だからと油断したのがまずかった。パラボラは思ったよりずっと重く、ポールは見事に宇宙服を突き破り、さらに三奈の腹にまで刺さってしまった。結果は切腹同然の大出血。

傷の深さから考えても、減圧の勢いから考えても、十分ともたないはずだった。ここは千分の六気圧、気温マイナス二十度の過酷な環境なのだ。それなのに三奈は生き返り、しかも皮膚を露出させて平然としている。わけがわからなかった。

「どうなってるのよ」

あまりにも釈然とせず、三奈は立ち上がれなかった。分子生物学者としての彼女の常識に照らして、いや、どんな常識に照らしてもとうてい受け入れがたい事態だった。

「よかった、成功したみたいね」

突然声が聞こえたので、三奈は凍りついた。物理的にではなく精神的に。

「え？」

「人間の知識はあったけど、人体の知識は揃ってなくて。さしあたり脳シナプス結線の再現を最重視して組んでみたけど、どう、自分がちゃんと考えてるって感じる？　落書きで真っ黒になったノートから一本一本の線を抽出するような作業だったから、あまり自信がないわ」

あたりを見回したが、もちろん誰もいない。耳で音を聞いているという感覚すらない。ただ、妄想ではなく確かに声が聞こえる。それも、聞き覚えのある声だ。

「考えは声に出して。脳波から思考を読むのは、まだとても無理。声が出せなければ、最低限、声帯にそのつもりで力を入れるだけでもいいから」

「あなた、誰？」

「よし、聞こえてるし、思考してるわね。先に必要事項を教えておきます。あなたの負傷は治したし、あなたの脆弱性《ぜいじゃく》も補完した。今後あなたが不当死する恐れはなくなったわ。だから落ち着いて思考と会話に集中して。──あなたは、不老不死になったのよ」

「誰！」

三奈は立ちあがって怒鳴った。現状に対して抱いた不安が、姿を現さない相手への怒りに変わっていた。

「出てきて名乗りなさい、誰なの！」

　叫んですぐに、不安を上回る恐怖を覚えた。あらゆる合理的な説明に照らしても、ここに正体不明の何者かなどいるはずがないのだ。現在、火星の地表にいる動物は四体だけ。地球からやってきた三奈と三人の仲間たちだ。

　すると考えられるのは——

「まさか、宇宙人」

　口にしたはいいものの、自分でも信じてはいなかった。

　だが、相手はなんのもったいもつけずに肯定した。

「そうよ。私はエイリアンよ。会話を容易にするために、あなたの思考様式に合わせて話している。これだけでは信じられないだろうから、その『合わせ方』を少しだけ説明するわ。私は私の中の計算回路に、あなたの脳モデルを四十万人分作って、彼女たちとの問答で試行錯誤を済ませてから、本物のあなたに言葉をかけている。だから言葉がわかるのよ。——どう、私はまともなことを言えている？」

「文法的にはね。内容は狂ってる」

「それを言うなら、あなたは肉体的に狂ってるんじゃないの」

　一本取られたような気がして三奈は顔をしかめた。確かにこれが現実だとしたら、まだ生きている自分のほうがよっぽどおかしい。

認めるしかないようだった。不老不死の自分が、日本語を操るエイリアンと話しているということを。

三奈は唐突に気づいた。どこかで聞いた声だと思ったら、これは自分の声なのだ。それも、手で耳を覆った時に聞こえる骨伝導の声質だ。ということは――。

「あなたはどこで話してるのよ」

「あなたの内耳」

思ったとおりだった。息を呑む三奈に、相手はささやき声をよこした。

「聴神経に受信機能を加えた。特別なことじゃないわ、一般的な人工内耳と同じ。耳の中にラジオが入ったようなものだと思って。声帯も同じ、真空中でも会話できる」

「受信機能を加えたですって。サイボーグにでもされたの？　私」

「いいえ、あなたは人間よ。まあ、たいていの定義によれば」

「……たいていじゃない定義によったら？」

聞きたくなかったが、三奈は訊いた。思ったとおり、知りたくもないような返事が来た。

「ロボット、でしょうね。今のあなたは六十兆の細胞ではなく、その十倍の数のナノマシンの集合体で構成されているから」

「……ナノマシン？　じゃあ、何、私は以前の私と同じだと思いこんでいるだけの、まったく別のコピーなの？」

「誓って、以前のあなたと同じあなたよ。光学顕微鏡レベルまではね。それより下の部品は全部入れ替えたけれど。——あなたに向かってこんな喩《たと》えをする必要はないと思うけれど、白いレンガでできた家を黒いレンガで一個ずつ置き換えても、最後に残るのはやはり同じ家じゃない？」

「……家を調査するのでなく、家に住むのならね。ポール・ワイスの思考実験か！」

ヒヨコと、ヒヨコをすり潰したものでは、分子成分は等しい。しかし後者がもはやヒヨコでないのは明らかだ。では、そのどろどろしたペーストに一体何を加えれば、ヒヨコと呼べるものに戻せるのだろう。ヒヨコの本質とはなんなのだろう。

三奈の記憶では、構造がそれである、というのがこの思考実験の答えだった。ヒヨコの形をしてヒヨコのように動くものがあれば、それはヒヨコである、と。目新しい考えではなく、構造主義という名称で百年ほども前から用いられている概念だ。

しかし実際問題として、ヒヨコのペーストをヒヨコに戻せるような方法があるわけがない。物の本質が構造であると主張するにしても、現実に反映させることが不可能なので、概念の域にとどまっている考え方だった。

相手は、それをナノマシンを使って実現したと主張しているのだ。機能から考えて、制御された自己増殖を行う、いわゆる超ドレクスラー型のそれのことだろう。人類がまだ実用化していない技術だ。

要するにこの相手は、もっともらしい嘘で三奈を信じさせる気もないほど、正面切って宇宙人であるようだった。しかしそれなら、もっと簡単に信じさせる方法があるではないか。

三奈は挑発した。

「あなた、姿を見せたら？」

「もう見せてる」

答えは、またしても簡単だった。

「私は氷床にいる。大昔にこの星へやってきて、水と高還元鉄とシリコンを食べて、ゆっくりと育ってきた。今ではほぼ南極全土に広がっているわ」

「……半導体でできた無機生命とでも言う気？」

「まあ、うんと嚙み砕いて言えば」

相手の声には、笑いの響きがあった。なんだか都合の悪いことをごまかしているようにさえ聞こえる。それがなんなのか、先ほど自分が横たわっていた地面を見下ろした三奈は気づいた。

ちょうど自分の腹があったあたりに、真っ白な、不自然なほど白い深層氷が露出していた。そこには当然、傷口から大量の血が流れ落ちていたはず……。

「食べる気だった？」

「……鋭いわね」

三奈はため息をついた。この相手が、なぜ話しかける対象として自分を選んだのか疑問だったが、ようやく一応の納得にたどり着いた。

「とても熱いイオンと有機物の混ざったおいしい液体が垂れてきたから、飲みながら遡《さかのぼ》ったらあなたの体に着いたのよ。摂取するうちに人間であることに気づいたから、使った分の構造を、私のパーツで肩代わりすることにした」

「結局は食べたんじゃないの！」

「その通り。でも人間は誰でも常に、自分が殺して食べた生き物の分子に体を乗っ取られているのよ」

「……言葉の問題にすりかえられているような気がするけど、それはおくとして、私っていう構造を生かして残した理由は何？」

「さあ、そこが取引よ」

相手の声はいっそう楽しげになった。

「私は人類をたいらげたい」

「そ……そんなこと手伝えるわけが！」

「ま、聞きなさいよ。説明するから――」

一時間後、三奈はほとんど説得されかかっていたが、それでも最後の疑問の答えだけは出せていなかった。

「人間って、つまるところなんなの……」

　この一時間の間に、三奈のその認識をめちゃくちゃにひっかき回してしまった相手は、同情したように言った。

「ここから先は、その定義の実用性がなくなっちゃう世界よ。人間かどうかなんてことは、気にしないほうがいいわ」

「私は人間でいたかったんだけどなあ……！」

「それは成長するものの、ある一時期を指す呼称なのかもしれない。『赤ちゃん』とか『子供』みたいに」

　その時、三奈の視界の中で何かが動いた。

　赤い砂原にマンホールのふたのようなものがパタンと開いた。基地のエアロックの外扉だ。小さめの白い宇宙服がゆっくりと出てくる。

　三奈の相手が訊く。

「あれは克美？」

「ええ。――あなたどうやって見てるの？」

「声と同じ、あなたの視神経から信号を拾ってる。それより、早くお出迎えの準備をしたほうがいいんじゃないの」

「その前に、決めておきたいことがひとつ」

「なに？」

「あなたの呼び名。エイリアンでいいの？」

するとと相手はちょっと傷ついたような口調で言った。

「私はあなたの人格を真似ているんだけど」

「……うん、私もエイリアンなんて呼ばれたら怒るわ」

「ミナと名乗ることにする。変なあだ名はつけないで」

「……うん、確かに私ってそういう性格だろうけどね」

道理で口数が多くて理屈っぽいわけだ、と三奈はげんなりした。

葛谷《くずや》克美《かつみ》は日本天文開発機構《JADA》の火星やまと基地における、ただ一人の設営隊員である。基地の建設とハウスキーピングを受け持っている。しかし彼女が三奈を探しに出たのは仕事だからではなくて、単に同性で年が近くて仲がいいからだった。三奈が二十九歳で克美が二十七歳。あと二人の男性は五十二歳と四十四歳なのだ。

「三奈さん、聞こえてる？　もう二時間も連絡がないけど、大丈夫？」

無線で話しかけながら、克美は三奈を一人で屋外に出したことを失敗だと思っていた。

農場のポンプの修理が忙しかったからだが、三奈のアンテナの立て替えだって急を要するものではないし、規定では二人一組での行動が義務づけられている。しかし、ここ数週間いつも空腹で、朝には三奈と口論したばかりだったので、つい彼女を遠ざけるようにしてしまった。

屋外作業をしていた隊員が事故を起こしたことは今までにないが、二時間も連絡がないことも初めてだ。不安が湧いていた。

「送信機の故障とかならいいけど……三奈さーん？」

マンホール――というのが公式の名称でもある、垂直エアロック――から上半身を出して、克美はぐるりと周囲を見回した。真空環境にも耐えられる資機材が整然と積み上げられている。その向こうに帰還用の着陸船も見えるが、建物だけはない。

やまと基地の本体は、火星氷床にうがたれたトンネルなのである。

「三奈さーん、どこー？　返事をしてーっ」

火星の大気は薄いから、叫んだところでほとんど意味はない。克美は手近の樹脂コンテナに近づいて手をかけた。それを強く落下させて、地響きで合図しようというのだ。前世紀のＳＦ作家の考えたその方法が、原始的ではあっても一番確実だった。

「よいしょっと……」

「ばあ」

コンテナを持ち上げた途端、その向こうで宇宙服が手を振った。

「うわひゃあ！」

克美はコンテナを取り落としそうになった。とっさに三奈がそれを支え、元の位置に戻しながら克美のそばに近づいてきた。

「びっくりさせないでくださいよ……」

克美は胸をなでおろしたが、三奈の異常に目ざとく気づいた。

「三奈さん、おなか！」

三奈の宇宙服の腹に、べったりと補修テープが貼られていた。克美はあわてて駆け寄る。

「バーストしたんですか？　何があったの？　けがは？　連絡してくれなきゃだめでしょう！」

「ああ、うん、平気平気。ちょっとかすっただけだから。熱中してて連絡忘れてね」

「無事ならいいけど……」

克美はほっとして基地へ戻ろうとしたが、三奈にバックパックを引かれた。

「かっちゃん、ちょっと話さない？」

「なんですか？」

「朝のこととか」

克美は振り返った。三奈が資材の箱に腰かけて隣を叩いていた。

朝のこととは、実にくだらない事件である。三奈の朝食の塩鮭が克美より二センチほど大きかったので、克美が公平を期すためと言って三奈の納豆をひとさじ奪ったのだ。それだけで十分以上の口げんかになった。

　頭が冷えた今では、馬鹿馬鹿しいとしか思えない出来事だった。

　克美は三奈の隣に腰かけた。すると、三奈のほうから謝ってくれた。

「ごめんね、かっちゃん。あんなつまらないことで怒っちゃって」

「ううん、私こそおとなげなかったです」

「わかってる、かっちゃんの食い意地が張ってるわけじゃない。問題は環境なのよ。干物とFD食と栽培菜っぱだけで二年以上も暮らすなんて計画が無理だったのよ」

「ですよね」

　克美はうなずく。今回の火星越年隊は日本政府が行う初めてのものだったにもかかわらず、宇宙旅行の常として資材の重量が厳しく制限され、あまり豊かな食材を持ってこられなかった。そのうえ閉鎖環境での暮らしが長く続いて、気分的にもまずい食事に耐えられる状態ではなくなっていた。

「JADAの連中がわかってないのよ。南極探検隊だって一年以下で補給が来るのに、狭い基地で二年も耐えられるわけがないのよ。基地の献立に私たちがどれぐらい飽き飽きするか考えもしなかったんだ。無能なのよ。頭空っぽなのよ、想像力足りてないのよ」

「ですよね。いっそ地球で同じ献立を食べて付き合ってくれたらいいんですよ。一年ものの冷凍全卵がどんな味なのか、帰ったら生理研の人たちに味わわせてやります」

三奈が機嫌よく話しているようなので、克美も調子を合わせてこき下ろした。本国の人々は基地の四人にとって共通の敵である。再会すれば涙も出るだろうが、八千万キロ離れている間はうらやむべき敵なのである。彼らを罵倒するのが、隊員たちのいつものガス抜きだった。

それに続く話題も決まっていた。

「帰ったら鮭ですよ。新巻鮭《あらまきじゃけ》あるでしょ。私、あれを一本丸ごと買ってきて、輪切りにして片っぱしからバターで焼いてやるんです。もうお歳暮でもなんでもないのに買ってきて食べるんです！」

克美は赤い空を見上げて、本気でそう言った。三奈もそうだと思っていた。いつもならここで思いきり対抗してくる。「築地でマグロ」とか「鯨肉をキロ買い」などとぶち上げて。

「それまでこういうのはどう？」

「——え？」

三奈に視線を戻した克美は、目を疑った。

「食べずにやりくりする方法があるんだけど」

三奈が宇宙服のヘルメットを外した。セミロングの髪が広がり、ゆっくりと垂れた。ぱちぱちと瞬きしてから微笑む。非可住環境である火星の地上で。

「みみみ、三奈さん！」

克美は三奈がおかしくなったのだと思った。あわててヘルメットに手を伸ばして、かぶせ直してやろうとした。しかし三奈はそれより早くとびのいて、克美の周りを回るように歩き始めた。声など出ないはずなのに克美のイヤホンに声が届く。

「かっちゃんは人間の権利の最大値ってどれぐらいだと思う？」

「はい？　権利？」

「大部分の人間が衣食住も生死すらも支配者に握られていた古代から、今の私たちは、少なくともどこに住むか、何を食べるか、どうやって生きるか、どう死ぬかを自分で決められるところまで、進歩した」

「進歩より、三奈さん、呼吸――」

「ということはこの先も、個々人の権利が拡張しないと考える理由はないわ。何を食べるかではなく、ものを食べるかどうか。どうやって生きるかではなくて、生きるか否か。そして自分が何者であるのか。それを調べるんじゃなくて、自分で決定することも、将来人間がもちうる権利のひとつだと思わない？」

「わけがわかりませんよ！」

「私はそうなったの」

克美の周りを一回りして、三奈が再び正面に立った。微笑は相変わらずで、窒息の兆しもない。克美はへたへたと砂の上に座りこんだ。腰が抜けてしまった。

三奈がかがんで克美のヘルメットにふれた。

「論より証拠よ。仲間になって」

三奈の言葉の意味はわからなくても、その瞬間、何をされるかはわかった。とっさに克美は、両腕を突き出して抵抗しようとした。

「やめて！」

が、その時にはすでに三奈がヘルメットをつかみ、ロックを外していた。克美は自分のヘルメットごと三奈を突き飛ばしてしまい、次の瞬間には周囲の希薄な大気に肺の空気を吸い出された。

「ひはっ……！」

力なくもがいた克美を、三奈が砂上に押し倒した。砂の下から噴き出した氷の粉が頭部を覆い隠し、彼女の熱と分子から力を得て、すみやかに食い変えていった。

——三十分後、氷の砂から解放された克美が、ぱちぱちと瞬きして体を起こした。そばで待っていた三奈と見つめあう。

「ええと……おはようございます。三奈さん」

「おはよ」

「いま、ミナから大体聞きました。要するにこういうことですね、三奈さんの体の部品が全部、メイド・バイ・エイリアンになっちゃったって……」

「かっちゃんもね」

「なんですか、これぇ……！」

どっとため息をついて――ついても肺から出るものがないので、そのような感じで口を開けただけだが――克美は頭を抱えた。

「窒息しないんですね、この体」

「酸素以外にもいろいろ使えるから」

「おなか空《す》かないんですか？」

「空かせることも、空かさずにいることもできるのよ」

「でも食べなくていいんでしょう？」

「魔法じゃないんだからなんらかのエネルギーの入力は要るわよ、光でも電気でも熱でも肉でも。だけど、一番大きな違いは代謝の停止ができるってことかな。前人類は止まったら自己がなくなっちゃうんだから」

「私は生き死によりも、おいしいものをおなか一杯食べることのほうが大事ですっ！」

「食べれば？　もちろんそうできるわよ。その逆も」

三奈があきれたように言った。

「人間って、他の動物と違って、生きるために生きてる生き物じゃないでしょう？　生きるための努力以上のことを成し遂げるのが、人間の尊さでしょう？　それに専念できるのよ。私たちはこれから、任意の選択をせずに死ぬこと——不当死することが、なくなった。これから真に人間的になれるのよ。なのになんなのあんたは、そんなに嫌そうな顔してくれて」

「……ひとつ、いいですか」

「なに？」

「今でも太るんですか、私」

三奈が明るく笑って、不安そうな克美の肩をたたいた。

「あは、大丈夫！　もちろん自分の体形だって自分で決められるわ」

「……それは、わりと嬉しいかな」

つぶやいてあきらめたような顔になった克美が、ふと訊いた。

「私、どれぐらい気を失ってました？　タケさんとハルさんが心配してる」

「大丈夫、私がごまかしておいた。あの二人も引っ張りこまなきゃいけないからね」

「いやだって言われたらどうしましょう」

「その場合は無理強いできない。——でも、言うと思う？　かっちゃんも答えたんでしょう？」

克美はうなずいた。克美もあの問いを問われた。「生きるのか死ぬのかを、決行しろ」。生きたいと願うのではなく、確かに生きると決めたのだ。

二人の耳に、氷の中にいると自称する異星人の声が響いた。

「受け入れて。無料の昼食は存在するのよ」

「三奈さん、私、どーぉしてもこいつが悪い宇宙人に思えてしかたないよ」

「私も。貧乏性かもねえ……」

二人は苦笑しあった。もはや収支に関する人類普遍の経験則《タンスターフル》は破れたのだが、心情的にはなかなか抵抗があった。

三奈が立ち上がって言った。

「さてと、中に戻ってタケさんたちに会おうか」

「どうやって説得します？」

生死の選択をするとき、三奈は死にかけていたため、不可避的にそれを行った。

克美はといえば、食への不満があったから、ミナの選択肢を受けた。

他の二人には何を問えば、こちらを選んでくれるだろう？

五秒も考えずに、三奈は嘆息した。

「……タケさんのほしいものなんて、わかりきってるじゃない」

やまと基地越年隊の火星探査は、二十一世紀後半の日本政府にとって最大のサイエンスプロジェクトである。日本人が初めて地球外に基地を作ったということや、初代南極越冬隊から百周年にあたる記念事業的な意味もあり、国を挙げて行われた。

しかし大々的に行われるのもよしあしで、政治的な思惑によって計画に圧力がかかったところもあった。その一面が、四人の隊員が男女半々とされたことだった。

氷床学者で越年隊副隊長の武田正俊《たけだまさとし》は、この件のもっともデリケートな側面を、これまでのところ理性によって完璧に乗り切ってきた。つまり、狭い閉鎖空間で男女が暮らすことで生じる生物的なストレスをだ。

しかし乗り切ったということは無理をしたということでもあって、自分が爆弾を抱えていると武田はしっかりと意識していた。

橿原三奈と葛谷克美が、さぼりも同然の軽作業で実に三時間も屋外活動していると知った時も、彼は理性を保った。これだから女は、と怒鳴りつけたくなる気持ちを抑え、冷静に切り出し方を考えた。あの二人は、若いがきちんと仕事をこなせる生物学者とエンジニアだ。敬意を忘れてはいけない。しかし甘やかしてもいけないから敬意を保って叱らなくてはならない。副隊長が雷を落として、隊長がそれをとりなす。昔からのやり方でまとめるのだ。

そんな心構えで、四十四歳のこわもての男は、二人が戻ってくるのを待っていた。

　やまと基地は氷床内の深度五メートルに、五つの部屋を串団子状に連結したかたちの施設である。出入り口のマンホールは両端にあって、各部屋の間にも隔壁があり、内部はすべて常圧だ。しかし壁材らしいものはなく、掘削した表面に発泡断熱材を吹きつけて壁にしてある。なぜこういう具合かというと、話は簡単で、これならトンネルマシンと発泡材さえあればいくらでも基地を拡張できるからだ。氷床のある場所を選んだこと自体、水が得られる他に、トンネルが掘れるという理由からだった。

　その真ん中の公共区（という呼称の、要するに居間だ）で、テーブルについて腕組みしていた武田は、入ってきた二人を見て目を剝いた。

「無断外出してごめんなさーい」「遅れてごめん、タケさん」

　宇宙服をマンホールで脱いできたのはいい。当然だ。

　だがその後でジャケットとズボンを身につけていないのが、はなはだ問題だった。二人は規定も慣習も無視して、アンダーシャツとショートパンツだけの姿で現れたのだ。

　二十代のすらりとした体格の女たちである。見たとたん、武田は事前の心構えも忘れて、怒鳴ってしまった。

「ばっ、馬鹿もん！　色じかけとは卑怯だぞ、おまえたち！」

「まあ、そう堅いこと言わずに」「今日は特別なの。ね？　タケさん」

　二人はテーブルの右と左にわかれて、武田を挟む位置に腰かけた。退路を断たれた武田はテーブルを叩く。

「もっと離れなさい、俺が話をするんだから」

「その前に、これどうぞ」「はい、これも」

二人が協力して壁の棚から電気ポットと菓子パックを取り、武田の前にクッキーやらチョコレートやらを積み上げた。三奈は湯飲みを覗いてから「あらゴミが」とつぶやいて、熱湯で軽くゆすいで床にあけ、お茶をそそぐ。武田は目を白黒させる。

「どうしたんだ、おまえら。一体どんな失敗をやらかした？」

「まさか、その反対よ」

肩をすくめた三奈が、テーブルの上に身を乗り出した。シャツを押し上げる張りのある膨らみと、柔らかそうな胸の谷間が突きつけられる。武田はあわてて顔を背《そむ》け、照れ隠しに番茶に口をつけた。

「タケさん、子どもはほしい？」

武田は爆発的に茶を噴き出した。

湯飲みを置いてむせながら言う。

「な、何を言い出す！　俺はまだ独身だ。おまえたちも知っているだろう！」

「よく知ってるし、私も克美も独身よ。だから訊いたの。繁殖と種族維持の問題についてね」

「どこからそんな話題が出てきた？」

「タケさん、正直に言って。自分の子どもがほしいと思う？」

三奈と克美が、左右から彼を見つめた。武田は複雑に表情を変化させてから、二人が女だけの長い相談をしてきたらしいことに思い当たり、ようやくひとつの想像に行き当たった。

「それは、あー、違っていたらはなはだ申しわけないが……おまえたちのどちらかを選べとか、そういうことか？」

「そうだとしたら？」

武田は、ぐっと表情を引き締めて答えた。

「……すまんが、その提案はなしだ。この火星は、そういうことを実行する場じゃない。それに、俺は三年前に地球でおまえたちと顔合わせをしてから、そういうことを考えないようにしてきた。そいつは地球に帰ってから、だ」

「とても立派よ、タケさん。でもこの問題に限っては、地球に帰る前に結論を出してもらわないと困るの」

言うなり三奈が立ち上がり、武田の隣にやってきて抱きついた。同時に克美も反対側から同じようにふれてくる。

「こらッ！」

本物の怒りをこめてどなり、武田は両腕で押し離そうとした。しかし三奈たちも見かけ以上に真剣なようだった。武田の腕を巧みにかわして体を押しつける。女の汗の甘い匂いが武田を包む。

まる一年以上、異性の肌どころか、人肌というものにまったく触れていない武田にとって、耐えがたい刺激だった。それに二人とも、長いあいだ苦楽をともにした仲間である。嫌っていいようはずもない。

「タケさん……」

武田は焦りを覚えて二人の顔を見比べる。二人は潤《うる》んだ目でまっすぐに武田を見つめる。冗談のようなそぶりはまったくない。

武田がするべきはとにかくこの場から脱出して仕切りなおすことだったが、それをすれば確実に二人を傷つけてしまうように思われた。

武田の焦りは困惑に変わって、ほんの少し動きが鈍った。それを二人は見逃さなかった。ぱっと左右に離れて、別人のようにそっぽを向いた。

「な……何？」

狐につままれたように武田が二人を見比べる。すると三奈がかすかに笑って言った。

「いま、流されかけた？」

「そんなことはない！」

「怒らないで、からかったんじゃないの、確かめただけ。私たちに好意を持ってくれてるってことよね。不快じゃないわ、タケさんはちゃんと考えてる人だから」

「タケさん、ごめん。試しました」

克美がすまなそうに目を伏せて言った。

さすがに武田は顔を真っ赤にして怒った。

「おまえたち、冗談にしてもやっていいことと悪いことがあるぞ！」

「だから、冗談じゃないの」

三奈がテーブルに片手をついて見つめた。先ほどのような熱っぽさはなかったが、顔はそれ以上に真剣だった。

「タケさんは本音では私たちを好いてくれてるってわかった。私たちのどっちかはともかく。だけど現状、その気持ちの優先順位はとても低くて、成就する見込みもない」

「三奈、やめなさい！」

武田はとうとう立ち上がってにらみつけたが、三奈は逃げもせず挑戦的に見返した。

「でも、それをこの場で成就させてしまう特別手段があったとしたら、どうする？」

「……何を言ってるんだ？　三奈」

再び困惑に眉をひそめる武田の背後で、さらさらと音を立てて氷砂の柱が立ち昇った。

三奈が先ほど捨てた熱湯で、床の発泡材が溶け、小さな穴ができていたのだ。

気配を感じて振り返った武田は、悲鳴を上げようとした。

「う、うわ――」

その悲鳴ごと、氷砂が彼を頭から飲みこんだ。

――四十五分後、ミナから解放された武田は横たわったまま目を開けた。じっと天井を見つめてから、深い驚きのにじむ口調で言った。

「……なんとまあ、異星人とはな。三奈、克美、おまえたちはミナと結婚したんじゃないか」

「私と異星人が結婚して生まれたのが、今の私たちとミナなんじゃないかな」

そう言うと三奈はしゃがみ、武田の分厚い胸に手のひらを置いた。彼と目を合わせる。

「まだ私や克美を見ると抑制が要る?」

武田は体を起こし、三奈を軽く抱きしめた。三奈がおとなしくそのままにしていると、体を離して、今度は克美を抱き寄せた。

「きゃっ」

驚いたものの、克美も身を任せる。

しかし、武田はまた身を離してしまった。ゆっくりと首を横に振る。

「ぴくりとも来ない」

「でしょう。だって、死ななくなったら繁殖の必要もなくなるもの。少なくとも本能的な性欲は消えちゃうわ」

「しかしこれは……なんともなあ！　一足飛びに定年になった気分だぞ！」

「タケさんが自分で選択したんでしょ」

「俺が選んだのは、不老不死のおまえたちと一緒に生きるかどうか、だよ。俺は生きると答えた。しかし、枯れ切った仙人になりたいとは思わなかったぞ？」

「それもあなたの選択次第よ」

　エイリアンのミナが、例によって内耳への通信で割りこんできた。

「私が提供したのは、個人のあらゆることについての選択の自由よ。優れて進歩的な知性は、他人を侵さない限りにおいて最大限に選択肢を広げるもの。性愛についてもそう。男であるべきか、女であるべきか、両方であるべきか、無性であるべきか、性愛を避けるか否か、精神的な愛と肉体的な愛のどちらを励行するか、それ以外の愛を求めるか――タケさん、今のあなたはすべてを好きに選べる。現在あなたが自覚しているのは、三奈やかっちゃんに対する破滅的な肉欲を抑制したことだけのようだけど」

「そう言われるとなんだかえらい坊さんになった気分だが、俺はなにも、ありとあらゆる場合にセックスを我慢するべきと考えているわけじゃないぞ。個人的には地球へ戻ったらおおいに楽しみたいし、それどころか、人間からセックスを取っちまったら大変なことになると思うんだがな」

「それは、不死は実現しないということと同じく、物理的な根拠のない思いこみのひとつよ。セックスとは、地球環境で有利だったというだけの遺伝子シャッフルの一手法に過ぎないわ。でも別の言い方をしてみようか。つまり、子作りのできない芸術家だって、歴史上たくさんいたわよ！」

ううんと武田は黙りこんでしまった。ミナの言うことは極論だったが、二世紀前から連綿と続く男女同権運動の遠い延長線上にあるのは確かだった。理屈としてはどこもおかしくない。ただ、とてつもなく不遜なだけだ。

武田は長い間考えこんでいたが、やがて二人を見上げて言った。

「隊長のところにも行くのか」

「もちろんよ。止める？」

「いや、行く。……いや、まだ納得したわけじゃないからな。俺自身はこの境遇に不満はない。しかし――」

のっそりと立ち上がって武田は首を振った。

「隊長が断るとしたら、なんと言って断るのか聞きたいんだ……」

火星越年隊の人選で一番問題になったのは、実は男女比などではなかった。研究分野だった。

火星に詳しい人間を連れて行くかどうかという、最も基本的な点でさえ激論があった。何しろ、場合によっては調査よりも生存のほうが優先されるかもしれない冒険なのだ。シャトルのパイロットのように宇宙専門家で固めるか、大学から研究者を募って訓練を施すか、西洋諸国に倣《なら》って軍人を投入するか、それとも登山家や潜水家を起用するかで、揉めに揉めた。

結局、隊長は学者と決まった。しかし火星の専門家にはならなかった。火星の研究というのは、天文学の中でもごくせまい分野に過ぎず、その専門家を隊長に据えると他の点がおろそかになるからである。そこで天文宇宙全般に造詣のある、実践的な学者という線で人選が進み、最終的には国立天文台の仙石遥《せんごくはるか》という人が隊長になった。

三奈たちが部屋に入っていくと、仙石は机についてこちらに半身を向けて座っていた。温厚かつ陽性の人で、いつも好々爺《こうこうや》然とした笑みを絶やさないのだが、このときは口をぎゅっと閉じて片手にナイフを握りしめていた。

「三奈ちゃん、そこで止まりなさい」

三奈は戸口で足を止め、三歩先の仙石と向かい合った。彼のことはとても好きだったし、それは今でもそうだ。愛称で呼びかけるのに屈託はない。

「どうしたの？　ハルさん」

「タケさんが怒鳴った時から、おかしいと思ったんです。カメラで見ましたよ」

仙石が指差した卓上の画面には、公共区の画像が映っていた。基地は非常時には隔壁を全部閉めてしまうから、他の部屋を観察できるそういうカメラが用意してあるのだ。

仙石が表示を切り替えると、地上で克美が襲われた場面まで映った。事故調査用自動録画から抜き出した映像だろう。

「ばれちゃったのね……」

三奈は頬をかき、さてどうしようかと思案した。力ずくで襲うことは考えていない。ミナにはそれが可能だが、ミナの目的は相手の自由意志の拡大だ。食い変えるのは同意が取れると確信してからだ。

仙石が深い疑念のこもった口調で言った。

「ミナ。――三奈ちゃんじゃありません、異星人のミナ。聞こえていますか」

「聞こえているわ」

机のスピーカーが答えた。仙石はちょっと驚いたようだったが、すぐうなずいた。

「無線ですね。本体は氷の中？」

「ええ」

「疑問があるんですよ。あなた、なんのために三奈ちゃんたちを取りこんだんです。私は納得がいきません」

「ここだけじゃないわ、地球も狙ってるわよ」

「それなら余計に、ですよ。あなたは昔から、何百年前からか何十万年前からか知りませんが、氷床の中にいた。氷床で生きられたわけです。そんなあなたが地球へ向かったところで、快適ではないでしょう。南北極あたりなら好みに合うかもしれませんが、それぐらいなら火星にい続けたってかまわないはず。——あなた、地球へ何をしに来るんです？」

「温かくて元素が多いほうが増えやすいってことは理解してもらいたいけど、それはさておき、逆に訊くわよ。ハルさん、あなたはここで何をしているの？」

「もちろん、人類の知を広げているんですよ！」

その言葉がまだ終わらないうちに、卓上の画面がチャイムの音を立てた。振り向いた仙石が眉をひそめる。

ミナが言った。

「任務は終わったわよ。ここのコンピューターに、私の知識のほとんどをコピーした。そう、私が二百二十万年の間にここで得た、火星と宇宙の知識すべて、それにここへ来る前から持っていた知識をね。——地球の天文学、物理学、化学、数学なんかの基礎科学は、これでだいたい完成したと思う」

仙石はぽかんと口を開け、おそるおそる手を伸ばして画面にふれた。コマンドの入力を繰り返して、移植されたデータを確認していく。

半信半疑だった表情が、まさかというものに変わり、じきに驚愕になった。

「おお、これは……このタイトルがすべて本当なら、確かに」

「ね」

ミナが、反応を見ているようなささやき声で言う。

「こんなちまちました基地を続けなくてもいいの。これだけのデータを地球に送れば、明日からでも火星緑化計画を始められるわよ」

「こんなことをして、あなたに何の得があるんです。これだけの知的財産を無償で提供してくれるんですか？　信じろというほうが無理ですよ、それは」

「ハルさん、私は――私の種族は、この知識で恩に着せるつもりはないの。こんなものは恩に着せるほどのものじゃない。なぜなら、宇宙のどこででも観測できて、導出できて、通用する、一般法則でしかないから。言い換えれば、ある程度の知性体ならば遅かれ早かれ自力で手に入れてしまうものだからよ。気を悪くしないでね、宇宙で本当に価値があるのはこんな知識じゃない。貴《とうと》いのは固有環境で形成された局地性。人類なら人類の姿、性格、言葉、道具、風景、応用的な学問、そしてもっとも複雑精妙で莫大な時間をかけて作られた機械、つまり生物なのよ」

「それを地球で採集し、あなたの母星へ回収するつもりですか」

「回収なんかする必要はないわ。だって、放っておけば地球人自身が持ってきてくれるじゃない」

「地球人が？　こちらから大使を送ることを期待しているんですか？　しかしそれが送られるとしても、いつになるかわかったものじゃありませんよ？」

「いつでもいいの、私たちは不死なんだもの。大使？　使節？　そんなに急いじゃいないって。百万年後で十分よ。いつかは知らないけれど、いつかは出会うでしょう？　私の目的は、それなのよ」

冷静さを保とうとしていた仙石も、さすがにこのあたりで言葉を失った。ミナと彼女の背後にある母集団の性質が、ようやく見えてきた。少なくとも性質のひとつが――。

多分それは、地球人の想像よりはるかに膨大で、はるかに悠久の存在なのだ。ミナの次の台詞《せりふ》が、それを端的に示していた。

「ファーストコンタクトにドラマを期待してる？　ごめん、そんなものはないのよ。宇宙種族間に一目惚れはない。指先がふれあうような小さな接触から始まって、その部分から確実だけどささいな交流が起こるだけ。つまり、これ。今私たちがしていること」

仙石は、それに三奈たち三人も、長い間沈黙した。――実のところこの四人は、万が一に備えて、非公式ながらエイリアンとの接触手順を政府から託されてもいた。しかし今や、四人ともそんなものは忘れていた。

ミナが求めているのは人間との接触なのだ。人類社会との接触ではない。人類社会などというものよりも個々人のほうが、はるかに複雑で興味深い対象だと考えているのだ。

それは、拠《よ》って立つ共通点がほとんど期待できない宇宙種族同士の接触においては、正しいやり方なのかもしれなかった。仙石がつぶやく。

「本当ならこんな会話をする前に日本政府の許可を取らなければならないんですが……」

「そんなこと、今さら言い出さないでよ」

「言いませんよ。日本政府と私たち四人、どちらが人類を代表するかと言ったら――私たちですからね」

仙石はそう言って、ふと小気味よさそうな笑みを浮かべた。

「そう、少なくとも私たちが人類であることは間違いない。ひるがえって、日本政府は人類の、一体なんでしょう？」

「なんかの道具ではありますよね。それがなければ私たちはここへ来られなかったんだから」

「それは、その通りです」

仙石がおごそかにうなずき、皆が笑った。――立場についての相談は、これで片付いてしまった。

三奈は、もう仙石が恐れていないことがわかった。手を伸ばして誘った。

「よかったらハルさんも来て。私たちみたいになろう」

克美と武田も言った。

「ご飯の心配がいらなくなりますよ。ハルさん、研究に熱中すると食事抜くから、便利になると思います」

「あっちのほうも改善されるらしいよ。隊長はまだそういうのに興味がある？」

「食べなくともよくなるというのはありがたいですね。あちらのほうは——まあ、おいおい考えます。何しろご無沙汰なので」

　あはは、と笑って三奈は仙石の手を握り、ダンスに出るように引いた。


　紅白のパラフォイルを広げて滑空してきたパンケーキ型の着陸船が、海辺の滑走路に敷かれたクッションの上に、ふわりと着陸した。消防車が冷却のための放水を開始し、地上要員やマスコミの四駆がいっせいに群がった。

　あれから九ヵ月。やまと基地での滞在を終えた四人は、三種の宇宙船を乗り継ぐ長い旅の果てに、再び地球へ戻ってきた。

　マスコミの大群が見守る中、着陸船のハッチが開けられ、地上要員の手助けで隊員が引き出される。その姿が見えると歓声が上がった。四人が次々とクッションの上に降りる。

　しかし、その後の四人の行動は、予定にないものだった。

「かっちゃん、タケさん、ハルさん。行くよーっ!?」

　突然、橿原三奈が海に向かって走り出し、手に握った白い塊を力いっぱい放り投げた。

それとともに、他の三人も同じことをした。二年以上も地球の重力を受けていなかったとは信じられない、健脚そのものの助走だった。

白いものはたちまち見えなくなり、やがて沖に落ちて小さな水柱を立てた。

いっせいにシャッターを切る記者たちの中で、空港の検疫官ただ一人が三奈たちの行為の意味に気づいたが、もはや手遅れだった。

三奈がカメラの放列に振り向いて、言った。

「地球の皆さん、私たちは宇宙人になりました」

どっと報道陣が笑い崩れた。三奈もほほえんで続けた。

「これからはどこにでも行けます。たくさんの仲間ができます。地球はすごく変わります。とりあえず、人類はもう銀河市民になりました。これは申請をする必要がなくって、ただなっていくものなんです。──まず、私たちから」

三奈が三人の仲間に手を広げると、シャッターの音がさらに高まった。

しかし次のひとことは、今ひとつ理解されなかった。

「それと、もうすぐみんなのご飯がタダになります」

銀河市民が八十億名ほど増えて七垓《がい》八千京《けい》名の大台に乗るまで、百六日しかかからなかった。

Live me Me.

まだ完全に決心がついたわけじゃなかった。でも方法は簡単だった。

ＨＳコンビナートに「うなずいてみせる」だけでいいのだから。

私は迷いを抑えつけて、機械に全転換を命じた。

知覚できるどんな断絶もないまま、私は車椅子に腰かけた状態で目覚めた。

そして、ベッドに横たわった自分の肉体と、それを囲むプレス機のような機械の群れを見た。

「どう？」

室内にいた医師団と医療技師の一人が、そばに来て訊いた。私はうなずき、うなずけることに喜びながら、声を出した。

「動ける……」

そう言って胸に手を当てた。
そこに心臓は、ない。この体に、血で動く肉はない。
乾いた機械が、指先まで詰まっている。
私は、私を殺して、ここまでたどり着いた——。

‡

T基準、というものがある。前世紀の終わりに社会的に採用されて、今でも有効な脳死判定基準。
それは脳死をこう定めている。
一、患者は深昏睡状態である。
二、患者は自発呼吸しない。
三、患者の瞳孔は固定している。
四、患者の脳幹反射は消失している。
五、患者の脳波は平坦である。
六、一から五の条件が六時間以上持続している。
三十分前まで、私は脳死していなかった。条件五にあてはまらなかったから。私の終脳

（脳の一番外側のしわしわの肉塊、要するに大脳だ）は微弱な活動をしていた。

けれども、脳幹はある事情で破壊されていた。――具体的に言うと、交差点を猛スピードで無理に曲がったトラックが、ビル工事に使う鉄筋を落っことして、私のうなじに直撃させたのだ。

女子大でののんびりした生活をあと数ヵ月で終えて、平凡な会社員になるはずだった私の人生は、そこで大きく転換した。

たまたまそこが、古いけれど設備のいい大病院の前だったので、すぐに救急処置を受けられた。気道挿管、人工呼吸、除細動。すぐに脳手術に切り替わった。体より先に頭がやられそうだったからだ。

大量の酸素を必要とする脳組織は、何かの原因（たとえば、頸動脈が太さ四センチの杭で押し潰されるとか）で血流が阻害されると、毛細血管壁を開いて酸素を取り込もうとする。けれども、その結果、血液蛋白バランスが狂って浸透圧が上がり、脳細胞内に水分が入り込むため、脳が膨張して逆に他の組織を圧迫し、酸素を欠乏させる。

要するに、酸素を求めてもがき苦しんだ脳が、みずからを痛めつけてしまうのだ。

そうなったら、頭蓋骨を糸ノコで切り開く減圧開頭手術や、脱水剤投与、髄液を体外に排出するドレナージを施さなければいけない。自分自身を圧迫している脳の圧力を下げて、血流を維持させるのだ。

でも、こういった処置が意味を持つのは、心臓がちゃんと血液を送り続けている場合だけだ。

事故直後の私は、脳幹に大穴が開いていた。二十年前なら、この時点で助かる見込みはなくなっていただろう。脳幹は呼吸や心拍を司《つかさど》っているけれど、神経組織だから修復の方法がない。それがなくなれば、自発呼吸も自発心拍も失われる。

大脳も死ぬ。

けれども新しい医学は、拡張頭殻《とうかく》と強制脳血流循環装置というものを生み出していた。私の脳は死なず、頸動脈につながれたチューブから血液を受け取って、生きながらえた。体は体で、人工呼吸器で呼吸を肩代わりされ、温かく健康に（変な表現だけど）維持されていた。

この時の私は、T基準をすべて満たしていた。事故の衝撃で両眼が破裂し、感覚系と運動系、両方の神経伝導路を破壊されて、いっさいの感覚を失い、いっさいの意思を表示できなくなっていた。脳波計にも、平坦な横線しか出していなかった。地方の小さな病院だったら、脳死と判定されていただろう。

でも私のいた病院には、ハイペットがあった。

HIPET、高精度陽電子放射撮像機《ハイパー・ポジトロン・エミッション・トモグラフィー》。私の頭にかぶせられたそのヘルメットは、脳波計をはるかに凌ぐ精度で、百億を越えるニューロンの活動を読み取った。

ディスプレイには、脳幹の一部である網様体《もうようたい》が生き残っているさまが映し出された。それは覚醒の可能性を示していた。

最重度の「閉じ込め症候群」だった。

脳死判定は、他人への臓器移植の要求から患者を守るために行われる行為だから、少しでも脳死らしくない兆候のある患者には、そもそも判定を行ってはいけないことになっている。私はその手前までいったにもかかわらず、ぎりぎりで否定の判断を下された、珍しい患者となった。

とはいえ、呼びかけても反応するどころか、聞こえさえしなかったのだから、その時点の私は単なる「温かい死体」だった。

回復の見込みはゼロだった。

でもこのとき世界には、Vフィールドが作られつつあった。


閉じ込め症候群の間の記憶はない。

感覚がなくて昏睡していたからだ。というより、感覚がないこと＝昏睡なのだ。人間の意識は水面を揺らす波紋のようなもの。大脳という池があっても、刺激という石を投げられなければ、意識は生じない。脳波計も反応しない。

ただし私の池はまだ澄んでいて、ハイペットがそのことに気づいてくれた。

私の池に最初に投げられた石は、二十五個の点だった。

五×五の正方形に並んだ、光の点が見えた。どちらに、などと聞かないでほしい。眼球がないのだから、方向もわからない。強いて言うなら前方だ。

それが見えたことによって、前方が規定された、と言ったほうが正確かもしれない。

ともかく、その二十五個のうちいくつかが消灯し、いくつかが残った。

——マルだ。
私はそれを認識した。認識が波を起こした。私は覚醒した。
しばらくその点滅が続き、やがて消えた。
そうかと思うと、今度は別の図形が見えた。

――バツだ。

私はまた認識した。

しばらく○と×が交互に現れた。そのたびに私はそれを意識した。最初のうちは、湧き出してくるものを、傍観しているだけだった。

しかしやがて、何かのはずみに、力をこめるとそれを「呼び出せる」ことに気づいた。右足の親指を動かすと○、左目で瞬《また》きすると×が見えるのだ。実際に足やまぶたを動かしたわけじゃないけれど、「そのつもりで身動きする」と、数字が切り替わった。

それがVフィールドへの門だった。
○と×に続いて、1から9までの数字が現れた。私はそれらを呼び出す方法も覚えた。それぞれ体の一部を動かすことに対応していた。この頃はまだ夢を見ているような気分だった。それが大きく変わったのは、次の記号が現れたときだ。
これらの記号が、続けて見えた。

「○」「?」

――訊いてるの?

突然私は悟った。この音のない真っ暗な世界に、誰かが声を送りこんでいるのだ。あわてて返事をしようとした拍子に、「8」を出してしまった。

ただのはずみだ。意味は何もない。

でも不思議なことに、その8のあとに「8」「1」という字が見えた。

——81？

しばらく考えた。わかった時には言いようのない嬉しさが湧いた。

81。ハチイチ？　ハイ？　「はい」だ！

私は夢中で、必死に交信した。「8」「1」。「1」「1」「4」。「4」「6」「4」「9」。

返事があった。それも、新しい字で——「O」「K」。

私が出した文字が、向こうに伝わったのだ。

会話の期間が始まった。

与えられる文字は増え、私はその出し方を覚えた。アルファベットの半分といくつかの記号を覚えた頃、驚くようなことが起こった。光の点の枠が拡大し、十×十マスになったのだ。一度に四つの文字が操れるようになった。

進歩はさらに続き、マス目の大きさも広がっていった。それが三十×三十になったとき、会話は根本的に変わった。それまでとまったく違うものが現れた。

55 Live me Me.

ＲＩＮＧＯ、と私は文字を返した。

こうして私は、図形を見て文字を返せるようになった。あとは一瀉千里《いっしゃせんり》だった。私の前には、次々に複雑さを増す画像が提示された。マス目の数も増えていった。

それが百個四方になったころには、白黒ながらひとつの景色が現れていた。写真か、画像らしかった。ベッドに横たわる、機械に囲まれた人間だった。

直感的にわかった。それは私だ。

現在の私の姿が、カメラか何かで映され、私自身に伝えられているのだ。

それが正解だということを、そのあとに映った文字が教えてくれた。文字は続いて、私がどうやって画像を見せられているのかの説明を始めたけれど、私はよく見ていなかった。

私は安堵のあまり、泣いていたのだ。――声も涙も出なかったけれど、心で。

今までずっと、自分がどうなったのか気になっていた。

何も見えず、何も聞こえず、何も感じられず、何も動かせない自分を、どうやって受け止めたらいいのかわからなかった。頬に当たる空気、肌に触れる服さえ感じられないって、どういうこと？　たとえ一瞬の事故で入院したのだとしても、少しぐらいは状況をつかむ手がかりがあるはず。でも私には何もなかった。暗闇の中、瞬く光しか見えなかった。

私の体は一体どうなっているの。

私は何になっているの？

不安だった。とても怖かった。

HSコンビナートのことなんか、そのころは何も知らなかったから、恐ろしい想像がいくらでも湧いた。私は体から摘出された脳だけになって、透明なタンクの中に浮かんでいるのかもしれない。あるいは、殺されて埋められてしまい、霊体になってあの世を漂っているのかもしれない。そんな突拍子もない想像が浮かんでしまうほど、自分の状態は不可解だった。

でも、いま見えている画像には、少なくとも私の知っている私の姿が映っていた。私はまだちゃんと体のある姿で、ベッドの上に横たわっていた。病院の装置というよりは建設機器じみた、たくさんの威圧的な機械に囲まれてはいたけれど、とにかく生きていたのだ。

それは、心がやわらかく溶けてしまうほどの安心感を、私に与えてくれた。

私が黙ってしまったので、どうしたのかと、質問の文字が送られてきた。私はぽつりぽつりと、今の気持ちを伝えた。

I　IKITETA　YOKATTA

正直に言って、その時の安堵を他人にわかってもらえるとは、思っていなかった。

すぐに返事が来た。

YOU　IKITERU　GANBA

お互い、おかしな文章だった。文字数に限りがあるからだ。

でも、この文を見た私は、また動揺してしばらく話せなくなった。言葉の練習以外の文字を見たのは、初めてだった。

初めて、人間と話をしている気分になった。

医師団の中の、技師の一人がそれを書いてくれたのだと、ずっと後になってわかった。

私はそれを忘れなかった。

私は治る。治ることができる。

そう思って、医師団の難しい説明を、必死に理解しようとした。

単にそれ以外することがない、という理由ももちろんあったけれど。

最初に出現した五×五の四角は、私の後頭部にある、視覚野の大脳表面に貼り付けられた、微細なチップが作り出したものだった。チップには蚊の針よりも細い電極がいくつも生えており、その一本一本が微弱な電流を発生させて脳細胞を刺激する。私は二十五本の電極のうち、作動したものを白のドットとして認識した。

途中でマス目が増えていったのは、別にその都度チップが交換されていたわけではない。細菌感染のおそれがあるから、植え込み手術は一度しか行われなかった。交換ではなく、使う電極の数が増やされていったのだ。チップには最初から縦横五百、つまり二十五万個もの電極が作られていた。ただ、そんなにたくさん一度に通電しても、私が混乱してしまうので、最初は二十五個しか使われなかった。

初期の文字は単にコンピューターに作らせたものだったが、現在の（私自身の）画像は、カメラで取得したものが簡易化されて送りこまれている。

私が物を見られる理由は、それでわかった。両目がなくなってしまったのに、なぜ見えるのかと思ったら、脳に直接電極を貼り付けられていたなんて。

それに比べて、私が文字を作っている方法を理解するのは、だいぶ難しかった。

私の出力を手伝っているのは、ハイペットだった。

私が指や手や足を動かそうとすると、それに対応した脳の一部が活性化する。ハイペットの途方もなく精巧なスキャナーは、その様子を検出することができる。

私が何をしようとしているのか、わかるわけじゃない。あくまでも、「何かを」しようとしているのがわかるだけだ。そのままでは私の意図を汲み取れない。

だから医師団は、私が何を表そうとしているのか、私自身に決めさせることにした。私が脳のどこかを活性化させたときを狙って、特定の文字を私（の視覚野）に見せたのだ。

脳の運動野のAの部分が活性化したら、○を見せる。

Bが活性化したら、×を見せる。

私から見れば、それらは、右足の親指と、左目のまぶたに対応していた。それを私が学習したから、そのチャンネルを意思表示に使えるようになった。

文字数が増えてくると、ハイペットとそれに連動したコンピューターが、労力を省いてくれるようになった。いちいち「わたしはみちをあるく」と書かなくても、「わた　みちある」にあたる動作をするだけで、予測変換をしてくれるようになったのだ。

入力と出力の、それが私に与えられたシステムだった。

慣れてくると、携帯でメールを打つのとさほど変わらない感覚で、文章を作れるようになった。私は体で運動することができなくなったけれど、その代わりに体で文章を書けるようになったのだ。

欲求不満をぶつけるように、私はたくさん文字を書いた。今はいつ。ここはどこ。家族はどうしているの。友達は、世間はどうなっているの。

返事はいつもすぐに来るわけではなかったし、○と×だけのそっけない返事が来る時もあった。後でわかったのだけれど、それは単に当直体制の問題でしかなかった。当然のことだけど、私には二十四時間話し相手がいるわけではなかった。夜間は機器を見張るナースしかいなくなる。彼女らはつきっきりでいてくれるわけじゃない。

それに気づくまではしばらく落ち込んだりした。

だが、やがて落ち込んでいるひまはなくなった。自由に文字を作れるようになってしばらくたったころ、また新たな変化が起こったのだ。

ある日、私が目覚めると――起きているか寝ているかもハイペットが見分けてくれる――私の前に、デフォルメされたジャンパースカート姿の女の子が座っていた。

それは絵だった。ドットの荒い白黒の絵だ。見ている前でその子は動き出し、そこらを歩き回ってから、立ち止まって、頭の上に吹き出しを作って文字を並べた。

「Vフィールドへようこそ」

アニメーションだった。何か、そういうテレビ番組かゲームの動画を、視覚に流し込まれているのだとわかった。

最初は少し困惑した。私はアニメを見るような趣味はなかったから。

けれども、その子が私の「りきみ」に応じて動かせるとわかると、興味が湧いてきた。

その子は私の念じたとおりに歩き、走り、ジャンプし、手や足を振ってみせた。私が考えたとおりのセリフを、吹き出しに出すこともできた。

また、その子は作業マクロ（そう呼ぶのだということは後で習った）を備えていた。

「助走してジャンプし、ロープに飛びついて谷を飛び越える」とか、「釣り針に餌をつけて水に放りこむ」とかの一連の動作を、ずっと簡単な思念だけで実行させることができた。

自分にできないことをその子にやらせて、眺めるのは、まあまあ楽しかった。けれどもすぐに飽きた。お人形遊びをする歳でもないのに、一人でそんなことをしていても仕方がない。

そう思っているうちに、視界が広がった。チップの電極の作動範囲が、また広げられたらしい。今度は三百×三百マスになった。

その時見えた光景に、私は息を呑んだ（つもりになった）。

私の動かしている女の子は、似たような大勢のキャラクターに取り囲まれていた。彼らは好き勝手に歩き回り、飛びはね、会話していた。みんなの後ろに背景が見えた。草原、ベンチ、木陰、太陽。そこは公園のような場所らしかった。

男の子らしいキャラクターが歩いてきて、私の前で吹き出しを出した。

「黒蛇森まで行ってみない？」

反射的に私は文字を打っていた。

「よく知らないから」

「そっか」

男の子は興味が失せた様子で立ち去った。

私は呆然と突っ立っていた。これが現実じゃないのはよくわかる。架空の光景だ。ディスプレイに映っているゲーム画面なんだ。

けれどもそれは、今までの文字だけのやりとりとは比べ物にならないほどの臨場感を私に与えてくれた。

私は、数万人の人が参加している、インターネットのオンラインゲームに入り込んだのだった。

Vフィールドというそのゲームの中のキャラクターたちは、いくつかの限られたパラメータを与えられただけの、ちゃちな仮想人格に過ぎない。

フィールドを移動し、文字で（稀《まれ》に音声で——でもそれは私には聞こえない）会話するだけ。触覚、味覚、嗅覚、聴覚、温度をユーザーに伝えず、表情や身振りをゲーム内で完全に表現することもない。

それでも私は、そこに全人的なコミュニケーションを——そう思いこめるだけの何かを——感じてしまった。

不思議なことだとは思う。現実世界に肉体と生活があるにもかかわらず、数万のユーザーがキャラクターに自己を投影しているのだから。人間の想像力の豊かさなどでは説明しきれないような気がする。むしろ逆かもしれない。人間は想像力を、いくらでも捨ててしまえるのだ。画面に映っただけの虚像に、強い思い入れを抱いてしまえるほど。

生身の人間ですら没頭してしまうのだから、生身の存在しない私がそこにのめりこんでしまったのは、仕方のないことだったのだ——と思いたい。そのつもりで医師団が提供してくれた世界だったのだから、別に恥ずかしいことではないのかもしれないけれど……。

ともかく私はその世界を見て回り、買い物をし、釣りをし、馬に乗り、泳ぎ、たくさんの友人を作った。悪者との戦闘もやってみた。正直に言えば、それは楽しかった。敵を倒してお金を稼ぐ。しばらく、多分数日はそれにハマっていたと思う。

けれどもゲームはしょせんゲームで、最初の目新しさが失せると、たいして楽しめなくなってしまった。アトラクションがいくつあっても同じだった。

ただ、そのゲームにすっかり飽きてしまったわけではなかった。そこにはユーザーがいて、リアルタイムでの会話ができたからだ。冒険にも、戦闘にも、商売にも飽きたのに、人と話すことだけは不思議に飽きないのだ。

面白いことに、それは私だけではないようだった。ゲームの世界には、あらゆるアトラクションに飽きてしまったにもかかわらず、毎日ログインしてくるユーザーが大勢いた。何もせず座り込んで、一日中仲間としゃべっているのだ。私と違って彼らの多くが、自費で自宅から接続していることを考えると、よくもまあ毎日、と苦笑が漏れてしまった。

まだ冒険が楽しかったころにできた友人（というにはちょっと関係が希薄だったが）たちと、私は会話をした。たいていは時事や身の回りの出来事などの、当たりさわりのない話ばかりだったので、適当に調子を合わせることができた。

ただ、現実世界の私について問われるのは、ちょっと困った。みなそれぞれにプライベートを持っていたけれど、私ほど極端な人は、さすがにいなかった。

「私は身体から『卒業』したの」

「電脳世界の幽霊？」「人工知能のチューリングテスト体とか」

「そんなところ」

彼らは笑った。私も笑った。——あはは、と文字を打ち出して。

そんな世間話の最中に、しばしば目にする単語があった。

シンセットというのがそれだ。シンセットがあれば、家から出る必要はない。現実世界へキャラクターとなって出ていける。

私はその言葉を事故に遭う前から知っていたけれど、自分には縁遠いものだと思って、気にも留めていなかった。たしか遠隔操縦の人型ロボットだったはずだ。そこで、シンセットについていろいろと尋ねてみた。自分で検索しろと言われることもあったが（そしてそれは私にはできないのだけれど）、ゲームの中の人々は割合に親切で、丁寧に教えてくれた。

シンセットとは、ラジコン式の人型ロボットのことだ。後で説明するけれど、法律用語では「信号線操作式擬人機械」といういかめしい名前がついている。私が子供のころには一体も存在していなかったけれど、事故に遭う直前では、都会へ行くと一日に二、三体ぐらいの割合で見かけた。それぐらい普及していた。

なんとなく、草が生えるように勝手に進歩してきたものだと思っていたけれど、詳しい人によれば、それなりの紆余曲折があったのだそうだ。

それは最初、ある足の不自由な男性が、自分の代わりにお使いに行ってくれる道具として作成したものだった。電動車椅子にカメラとマイクとスピーカーをつけ、無線で動かせるようにした代物で、このころはまだ人型ではなかった。十五年ぐらい前のことだ。

男性は自宅で座ったまま、それを近所の家や商店に走らせて、コミュニケーションを取っていた。

あるとき、補助金の申請か何かのため、役所に出かけなければいけなくなった。男性はロボットを役所に送ったが、手続きを断られてしまった。本人確認が必要だったからだ。

そこから、なんとか役所でも認めてもらおうと、男性の工夫が始まった。

車椅子に免許証を貼り付けたり、ディスプレイを乗せて自分の顔を映し出したり、うんと細い光ファイバーの糸巻きを積んで、有線で自宅から役所まで操作したりした。それによって、ロボットを「自分の延長だ」と主張したのだ。

そんなことをしなくてもウェブで申請したり、代理人を頼めばよさそうなものだけど、多分途中から手段が目的になってしまったんだろう。困った人だ。でも気持ちはわからないでもない。きっと追い払われて悔しかったんだ。

最終的に男性は、シンセットと名づけたそのロボットで、書類を受理してもらうことに成功した。——けれどもそれは、技術的改良の結果じゃなかった。ことのなりゆきをネットで知った人々が男性を応援して、役所に抗議の声をたくさん送りつけたからだ。

そんなものだ。現実には、技術よりも人間が事態を動かすことが多い。前例がひとつできたので、こういう枠組みがあるということが、人々に広く薄く認知された。つまり「自分の代わりにロボットを表に出して用を足してもいい」という考えだ。あるいは少なくとも、用を足すことが「できる」という考えが。

その頃から五年ほどの間に、いろいろな要素技術がシンセットに応用できるということが、気づかれていった。電動車椅子は、指一本で自在に動ける、軽くてタフなものが開発されていた。剛性が高い骨格と、劣化しない皮膚を持つボディも作られていた。

そういったものが取捨選択されて、今のシンセットに近いものができてきたのだという。

ロボットを歩かせるかどうかという点では、車椅子に軍配が上がっている。ロボットはまだ責任を持って歩くことができない（転んで小さな子供を押し潰さないとは誰にも言えない）。電動車椅子ならば、現実のフィールドで長年使われているから、ユーザーも周囲の人間も、扱い方を知っている。

ロボットを人間や動物に似せるかどうかという点では、似せる方向に近づいてきた。これは、そのほうが周りの人間が取り扱いやすいからだ。人間は、メカ丸出しの車輪つきテレビのような代物に「こんにちは」と挨拶されるより、ある程度人間らしい姿をしたものに声をかけられるほうが、安心できる。自動販売機や銀行の支払機に対して自分がどんな態度を取っていたかを考えれば、納得できる。

ロボットを「誰に似せるか」という点では、まだメインストリームができていないようだ。私などは、自分に似せればいい、似せるものだと頭から思っていたけれど、世の中にはもっとずっといろいろなことを考える人間がいた。丸いボールにマルチョンを書いただけの頭部を使用している人もいれば、デパートのマネキン程度の頭を使っている人もいる。デザイナーに作らせた特注の頭と身体を使っている人もいるし、自分と違う性別のボディを使う人もいる。自宅から出られない障害者以外に、異性装や過剰装の好きな人にもシンセットは気に入られた。

そう、シンセットは変身用途に使うことができる。この部分が、オンラインゲームのプレイヤーの心を捉えた。

Vフィールドに馴染んだ私でも、それに気づくには時間がかかったのだが、ディープなプレイヤーは特殊な願望を持っている。それは、他人とコミュニケーションしたいが自分を知られたくないという、矛盾した気持ちだ。ゲームに熱中した人間は、そこに架空の自己像を作り上げる。他人に見せたいのはその像なのだ。画面の前に座っている自分ではない。

その気持ちは、私にも少しはわかった。私は画面の前に座っているどころか、機械に囲まれて深く眠っているのだから、親しくなった人にも本当の自分を明かせない。見せるための自分があればいいのに、と思うこともあった。

そういうプレイヤーが、シンセットに目をつけた。Vフィールドで私と親しくなったサイというプレイヤーは、実際にシンセットを所有しており、それを使って奇抜な実験をしたという話をしてくれた。

「オフ会？　リアルの店舗で？」

「そう。都心のファストフードで。シンセットユーザーばかり、八人も集まった」

「それはその格好でやったの？」

サイのキャラクターは、殺伐とした迷彩服の上に毛皮のフードのついたコートを羽織って、長銃を担いだ姿だった。狙撃兵というわけだ。サイは笑いのエモーションアイコンを表示しながら肯定した。

「うん、そのまんま、スナイパーの格好で。それに妖術師と地霊使いと戦場画家と槍騎兵《フェンサー》がいたね」

私は想像した。昼食時の学生やサラリーマンたちの真ん中で、食べもしないハンバーガーを手にして向かい合う、車椅子に乗った八体の人型ロボット。

相当インパクトがありそうだった。

サイの感想はあっけらかんとしたものだった。

「楽しかったよ。見た目はすごいかもしれないけど、暴れたり奇声を上げたりするわけじゃない。おしゃべりとか、せいぜい挨拶のマクロ動作をしたぐらいだ。それでも、リアルワールドにキャラを出して対面したのは、刺激的だったね」

それはもう何年も前の話で、今では彼の周囲では、シンセットのオフ会やイベント出席は当たり前になっているのだという。

その品質も、初期のものとは比べ物にならないほど向上した。

最初はアマチュアが手作業でシンセットを作っていた。じきに、より良いものを作ろうと数名の人間が集まり、会社を興した。商業的に見合うことがわかると、他にも創作集団が現れてきた。

最初まばたきもしなかったシンセットは、唇を開閉し、首を振り、指を動かし、腕を組むようになった。ネット上のセミプロたちが、それらの動作をユーザーが簡単に実行するためのマクロ的なソフトウェアを、有償無償で作り上げた。慣れた人間ならば、仮想空間の三次元キャラクターに、マウスとキーボードだけで千変万化の動きを、リアルタイムで演じさせられる。

同じことが、現実世界のロボットであるシンセットでも実現されるようになった。

家電、機械、医療、自動車など各分野の大手メーカーや、大学、特殊法人などの研究機関も、注目し始めていた。先進的な歩行ロボットの開発では彼らのほうが先行していたが、そういったものを使わずとも、「車椅子」という外見上の緩衝装置を取り入れるだけでロボットが人間の生活圏に入れることを、シンセットは示していた。

そして最近になって、シンセットはとうとう、最後の聖域に入り始めた。

それは法の領域だ。あの足の不自由な男性が起こした事件から十年を経て、同じ市役所でシンセットでの手続きが法的にも認められるようになった。例のいかめしい名称はここで必要とされたものだ。「信号線操作式擬人機械（以下シンセット）を利用した窓口取り扱い」などという条例が取り決められるようになった。

シンセットは電車に乗り、自動車の免許を取り、遊園地の入場料を払った。シンセットが税金で手当てされる福祉機器なのかどうかで議論がおき、形式認定が考えられた。シンセットが俳優として映画に出て、人間の俳優からボイコットされた。外国の政府が日本の工房にシンセットを試験発注した。それが軍用に使われるらしいとわかって、輸出規制がかかったりした。

そしてもちろん、重度障害者たちが、シンセットに「なって」街に出てくるようになった。

——私を除いて。

「シンセットを使いたい」

今から考えると、私が自発的にそう言い出すことを狙って、医師団は私をVフィールドに送ったのかもしれない。

シンセット。あるいはシミュラクラ、サイブリッド、ドロイド。歴史上いろいろな名前をつけられてきた「自分の分身体」は、今まさに、社会に溶けこみ始めたところだった。

それでも、本質的にラジコンであるそれを、人間存在の延長として認めることは、社会の大きな抵抗を受けていた。

だが、それが完全に認知されれば、社会は大きく変わる。中でも経済的な変化が起こるのは確実だ。だから、彼らはそのための方法を模索していたのだろう。

彼らとは、大金を投じて私を治療している人々のことだ。彼らは私の両親の同意を取り、後には私自身と契約して、私の治療に当たっていた。私はその団体の名称と沿革を聞かされたけれど、長い言葉だったので忘れてしまった。多くの大企業と一部の省庁も加盟している、常設の産業振興団体だったと思う。普段は単に「団体」と呼んでいる。

その「団体」は、私を使ってシンセットの新しい使い方を編み出そうとしているようだった。

光の点を使った応答テストも、Vフィールドで高い自由度を与えられたのも、みな、私がマクロを駆使した「キャラクター」の扱いに習熟し、より高い自由度とリアリティを求めるようにさせるための手段だった。

そういうことを、私一人で思いついたわけでは、もちろんない。Vフィールドの中で教わったのだ。教えてくれたのは、初期から私の治療に当たってきた技師の一人――あの初めて声をかけてくれた彼だった。

　私は彼に聞いた。

「要するに『団体』は餌で私を釣っているのね」

「俗な言い方をすれば、そうだな」

　Vフィールドの槍使いに成りすました彼が、答えた。

「ずるい人たちね。私には他の選択肢なんかないのに」

「新しい治療を断ることはできるよ」

「断ったら、生命維持も打ち切られてしまうんじゃないの」

「そんなことはない。このままだ。君はVフィールドに閉じ込められたまま。本体はベッドの上で朽ちていく」

　それはぞっとする想像だった。いくら知り合いがいて、動いた気分になれるとはいっても、しょせんVフィールドは小さなゲームの世界に過ぎない。そんなところで生きながらえても、生きている意味があるのかどうか。

「じゃあやっぱり、私は……」

　シンセットを使ってみたい。

　私は、そう彼に伝えた。返事は、意外なものだった。

「それは危険だよ」

「なぜ？」

「つまり、それによって君は死んでしまうんだ」

そう言ってから、彼はすぐフォローしようとしたけれど、私は動揺した。

「法律的に、だが」

「どういうこと？」

そして私は「団体」の最終的な狙いを知ったのだ。

私と外界は、ハイペットによる出力と電極チップによる入力でつながれている。単純化されたキャラクターを動かすだけならそれで足りた。

しかしシンセットは違う。「団体」が私に提供しようとしている手のかかったシンセットは、五感のほとんどをカバーする各種センサーを備えている。私がその体からの入力を受け止めるためには、数万のチャンネルを持たなければならない。

また、そのシンセットを運動させるためにも、多数のモーターや電動エラストマーを動かす必要がある。入力チャンネルほどではないにしても、数百の出力チャンネルが必要だ。

つまり、「団体」が私にあてがおうとしているのは、単なるラジコンではなく、失った全感覚を代替できる、人工の肉体なのだ。

健常者なら、それを操ることも難しくないだろう。全身をすっぽり覆うジャンプスーツ型の入力機器に入ることで、それだけのチャンネル数を実現できる。シンセットからの情報は、触覚や温感も含めて、皮膚から脳へと伝えられる。

でも私の脳は皮膚と切り離されているから、情報を受け取れない。今のところは視覚野に張り付いたチップだけから情報を受け取っている。これだけではとうていすべての入力チャンネルを賄《まかな》えない。

なにか、まったく次元の異なる道具を使わなければ、私はそれ以上の情報を受け取ることができない。――「団体」は、それを用意していた。

SAPiX《サピックス》。それが、彼らの切り札だった。正式名称は極細電場交差型軸索電位励起装置。ニューロンの中の電気信号を運ぶ部分、軸索が微細なアンテナとしての機能を持つことに目をつけ、そこに外部からの信号を送り込もうというもの。

人間の脳には膨大な数のニューロンがあって、十ミリ秒の単位で発火を繰り返しているから、手作業でそれらを操作することはできない。精度の点でも、速度の点でも、それは人間に触れることのできる領域を超えている。制御はすべて専用のコンピューターが行う。操作電場の形成部分は、ナノメートル単位の焦点精度を持つ三軸のグリッド構造。超高速で制御されるその巨大な機械が、被験者の脳の状態を、一秒間に三百回も書き換える。

それのことを思い浮かべるたびに、私は頭がくらくらする。電気でできた見えない針を、絶えず百万本も頭の中に突っ込まれて、人間が生きていられるなんてありえるだろうか？

それでも「団体」は、イヌとサルとイルカに対して行われた試験結果を元に、それが人間に対しても安全に使用可能だと主張していた。

脳の血流を見ることのできるハイペットで私の行動を読み出し――

脳細胞を高速で操作できるサピックスで私に情報を与え――

強制脳血流循環装置で、私を（私の脳を）生かす。

これが、彼らの目指す究極の形態だった。

ただし、問題が一つ。

脳が、ハ《H》イペット&サ《S》ピックス複合体《コンビナート》に組み込まれることは、脳が信号処理機械の一部になってしまうことを意味する。その中では信号が発信され、受信されるけれど、そのどこからどこまでが脳本体の自励信号か、見分けることは不可能になる。

言い換えれば、脳から出る「純粋な」脳波は、消滅する。

これを、あの厳格な脳死判定基準に照らすとどうなるか？

そう。唯一残っていた第五項――「患者の脳波は平坦である」――ここにまで、私は当てはまってしまうのだ。

それこそ、私がVフィールドで彼から警告された奇怪な事実。

私がシンセットへの全転換を行えば「団体」は人類史上初の心の電気化を宣言できる。

しかし法は、私を脳死と判定するのだ。

決行すれば、私は法の庇護を受けられなくなる。

「団体」は私を守ると言っていたけれど、過激な主張を持つ誰かが私の病室に入り込んで機械を壊しても、問われるのは器物破損罪か、せいぜい死体損壊罪だということになる。殺人ではない。それに力を得て、凶行に踏み切る人間がいないとは、誰にも言い切れない。

けれども私は、最終的に全転換を承諾した。

「団体」ではなく、一人の男性が私を守ると言ってくれたからだ。

そして私は、私を殺した——。

‡

私を殺した私は手を動かし、長い髪を撫で、鼻をかいてみた。髪と鼻の感触の違いはわからなかったけど、何かに触っているという感覚はあった。

車椅子のスイッチを押して、鏡の前に向かった。私の目のレンズが私の姿を映した。白いガウンをまとった娘が映っていた。私の思い通りに動く腕を動かすと、鏡の中の私もそのように動いた。

胸が騒いで、泣きたくなった。——でも今はまだ、泣く機能はなかった。

今も、ま、だ、だ。私はこの時までに、すでに長い長い再起の道のりを歩んでいた。

私はうなずき、うなずけることに喜びながら、また声を出した。

「動ける……」

鏡の中の唇が動いた。喉のスピーカーからの声が頭殻《とうかく》を伝った震動と交ざって、耳のマイクに入ってハウリングを起こした。それもまた、嬉しかった。

閉じ込め症候群だったときは、ハウリングを起こすような頭もなかったから。

「体も大丈夫みたいだよ」

親しい男性技師の一人が、車椅子を回してくれた。私は私の「肉体」を見た。私と同じ白いガウンの娘。上半身を軽く起こされ、頭にぴったり合う電線つきのヘルメットをかぶせられ、首に太いチューブをつながれている。電線とチューブの先には部屋の三分の二を占める機械の群れ。

近づいて触れてみた。その体は別にもがいたり、汗をかいたりはしていなかった。ただ眠っているだけの人と同じように、柔らかく温かい腹を、ゆっくりと上下させていた。

その胸にも人工心肺の太いチューブがつながれていたけれど。

私は振り向いて（振り向ける！）聞いた。

「これはどうなるの。捨てられるの？」

「いや、保たれるね」

「死んだのに？」

彼は顔をしかめて、ためらいがちに言った。

「いや……試料という扱いでね」

「モルモットね。──ううん、違うか。シャーレの上のバクテリアね」

「悪いね」

彼は頭を下げたけど、私は首を振った。

「気にしないで。このシンセットのほうが私。これは素敵だわ」


私は車椅子で病室の中を動き回り、数年ぶりの現実世界の感覚を心ゆくまで味わった。

窓を開けると、風が吹き込んでカーテンを揺らした。風そのものはあまり感じられない。シンセットの肌の感覚素子がそれほど敏感ではないから。けれども、風に動かされるカーテンや服をじかに見て、じかに感じられるというのは、大きな喜びだった。

何よりも、体が存在して、それを動かせるということが素晴らしかった。Vフィールドには体がなかった。

光に満ちた外の世界を見つめる。芝生の庭、ポプラ並木、スモッグにかすんだビル、大きな屋上看板、信号を待つ車とバイク、コンビニに出入りする人々。

Vフィールドの人工の光景じゃない。自然がとても丁寧に、とても猥雑に作ってくれた、私は、またそこへ戻っていけるのだ。

誰かが急に後ろから脇の下に手を入れて、私を持ち上げた。

「ほうら！」

視点がぐうっと上昇し、ぐるぐる回った。技師が私を持ち上げて振り回していた。嬉しさと吐き気がこみ上げて、私は悲鳴を上げた。

「この体、椅子から離れられるの？」

「数分ならね。じきに歩けるようになるよ」

「やめて、目が回るわ！」

彼は私を車椅子に降ろして顔をのぞきこんだ。

「本当に目が回る？」

言われてみれば、あの頭をひきずられるような感覚はなかった。目が回ると思ったのは錯覚だったらしい。彼が笑う。

「三半規管のない君に、酔うことはできないよ。歩行機能の前に、それが必要だな」

「わざわざ酔わせるつもり？」

「それがないと歩けないよ。ここはVフィールドじゃないんだ」

そうだった。Vフィールドのキャラクターは転ぶ機能がなかった。でも、ここは現実世界。立つ能力のないものは、まず転ばなければならない。

すべてがあり、すべてと向き合わなければならない、厳しい世界なのだ。

テーブルに並んだ判定委員たちの顔が、だんだん青ざめていく。

私はもう何時間も、会議室で彼らの質問を受けていた。質問はだいたい、私に自我があるかどうかを試すためのもののようだった。でなければ、私の自我が、事故の前の私のそれと連続しているかどうか、を。

私は馬鹿馬鹿しくなっていた。私にとっては自明であり、同時に証明不可能であることを、延々と尋ね続けられるのだから。

仮にそれが判明したところで、私が死者か生者かという難問の答えが出るわけではない。なおさら疲れがつのった。

「団体」側の司会者が、問答を打ち切ってくれた。質問が終わったと見たのではなく、委員たちの気力が尽きたと判断したらしい。それはだいたい正しかった。各界有識者と学者で構成された委員たちは、私以上に疲れきった足取りで出ていった。

いつもの技師がやってきて、苦笑いした。

「すまないね。こんな茶番に付き合わせてしまって」

「ちょっと疲れただけ。あれでよかった？　できるだけ愛想良くしたつもりだけど」

「とてもよかった。結局のところ、試されていたのは科学的な真偽じゃなくて、君の印象だからな」

「ただ笑っていればいいだなんて、アイドルになった気分」

うまい冗談にはならなかったけれど、彼は笑ってくれた。

「ファンがつけば有利になるね。しかし当分、苦労が続くと思う」

言われなくてもわかった。これは脳死判定だけの問題じゃない。機械維持される人間をどこまで人間と認めるかという、大問題だ。世間は二つの選択肢を突きつけられている。

彼はそれをつぶやいた。

「君を人間と認めて『人間』の枠を倍以上に押し広げるか――」

「私をコンピューターの化け物だと決め付けて、今までの生命観に安住するか」

彼はじっと私を見つめた。私はほがらかに笑った。

「大丈夫、耐えられるわ。壊れる体がなくなってしまったんだもの。それより心配なのは、あなたたちが飽きること」

「僕は当分飽きない。『団体』の意向はともかくね」

「それはどうもありがと」

軽く流して、私は笑った。

自分で車椅子を動かして、病室（日本の法律に従って呼ぶならば、死体安置室）へ戻った。私の古い肉体は、静かに横たわっていた。"Don't disturb"の札をドアの外にかけて、私は私の世話を始めた。

車椅子から身を乗り出して肉体のガウンを脱がせて、アルコール綿で清拭《せいしき》する。裸の体は相変わらず温かかった。心臓は動いていないけれど脈もちゃんと出ている。触れながら私は見つめる。すっかり日焼けが抜けた白い足、白い腕。それにきれいに整復された白い顔……。

HSコンビナートなしのこの体は、深昏睡にあって、自発呼吸をしていなくて、瞳孔がなくなっていて、脳幹がほとんど壊れている。限りなく死者に近い。

でもHSコンビナートを含む私は意識清明で、人工呼吸器を自分の手で操作していて、ものがよく見えている。脳幹はないけれど、脳波に相当する計算結果の数字を、毎秒数億個も吐き出している。

おかしなものだ。

しっとりして重い肉体をななめに寝返りさせてやりながら、私は笑っていた。涙は出ないとわかっていたけれど、奇妙に心が乱れて、シリコン樹脂の目頭をごしごしぬぐってしまった。

今の私があることは奇跡に近くて、それを阻《はば》もうとした強敵はあきれるほど多かった。にもかかわらず、私は生きていられた。

そう、私は生きている。そのことは、自分が肉か樹脂かなんていう小さなこだわりよりよほど強く、私に喜びを感じさせてくれた。

同時に私は、底の見えない穴のそばに立っているような恐怖も覚えていた。

私は、とんでもなく脆《もろ》い。もし法や権威が的外れなことを決めれば、私は破壊されてしまうのかもしれないのだ。

新しい恐怖を、私は知るようになった。


私は公表された。

脳死寸前の状態にあって、生き延びるために法的完全脳死に陥ることを、自分の意思で選んだ人間。学会発表ではそう伝えられた。それは一般人の想像の埒外《らちがい》にある出来事であり、専門家によって解説されるべきだったけれど、一番適していそうな法医学会の人々は、うろたえてまともなコメントができなくなってしまった。

一般人にかいつまんで事情を伝えたのは、学者ではなくテレビだった。病室にきたテレビクルーがカメラを回した。シンセットの私、肉体の私、両者をつなぐ凶悪な最先端プレス機――HSコンビナート。

それ全体が私だという事実が、人々を驚かせた。間をおかずに、脳死の定義とシンセット法の改変が議論されるようになった。「団体」の目論見《もくろみ》は成功したわけだ。

たくさんの人が私に会いに来た。私は無線LANの届くところならどこにでも行けたけれど、人は病室で会いたがった。その理由を、私は最初こう思っていた。シンセットは街にあふれていてもう珍しくない。外で私を見ても他のシンセットと見分けがつかない（高度な技術で作られた私のシンセットは、それなりに珍しいものではあるのだが）。病室で会えば私がいかに特殊か見ることができる。

そうではなかった。

客が見に来るのは私の肉体だった。部屋に入ると彼らはベッドに椅子を引き寄せ、目を閉じた私をじっと見て語りかけた。そばにいるシンセットの私が返事をすると、ちらりとこちらに目をやってから、また肉体の腕を取って優しい声をかけるのだった。

つまり私はスピーカー扱いだった。親や親友も含めた人々にとって、「私」とは「私の肉体」のことだった。

わからないでもなかった。彼らはゲームのユーザーたちと違って、シンセットを本人と認めるような前衛的な習慣にあまりなじんでいなかった。それに、私のいまの存在形態は、極めてわかりにくい。

彼ら――誰でもいいけど、母にしておこう――には、こう見えているのだ。ベッドの上の私は身動きしないけれど、声をかけたり触れたりすれば感じている。頭の中でもがきつつ、懸命に片言の言葉を発している。コンピューターがそれをわかりやすいように翻訳して、私の偽者に流暢《りゅうちょう》に話させている——。

違うのに。

私は車椅子に座って快適に過ごしている。マリオネットを苦労して操っているのじゃなくて、マリオネット自身になっている。

私がそう訴えると、母は困惑に顔を曇らせた。

「話をするときは相手の目を見るものでしょう。あなたの目は、ここ」

そう言って、私の肉体の顔を指差す。

私はその手を引き戻して、シンセットの目のカメラに突きつけさせる。

「ここだってば。私はここで見ているの。そっちは思考しているだけ」

「じゃあ、こうだわ。私はあなたの精神と話してるの。精神は頭にあるでしょう」

「ギリシア時代の人はおなかが思考するって考えていたけれど、相手の腹を見て話したりはしなかったわ。現代の私だって、脳だけで考えてるわけじゃないの。これ全体で考えているの」

私がそう言って、コンビナート全体を手で指し示すと、母は苛立たしげに顔を背《そむ》けた。

「いいから、もう。屁理屈言うんじゃないの」

そして、事故前の私が見たこともなかったような優しい手つきで、私の肉体を撫でた。

私はそれを制止したくなった。私にとって、肉体の首から下はもう自分ではない。

でも、思いとどまった。そうしたところで、母に抵抗されてしまうだろうから。

それにしても、母が肉体を撫で回しているのを見ると、妙にいらいらして困った。われながら、理解しにくい感情だった。いくら機能していないといっても、自分の肉体には愛着が残っていそうなものだ。なのにそれが、わずらわしく思えた。

母が帰ってから、夕暮れの病室で私は肉体にずっと触れていた。時間がきたので立ち入り禁止の札を出して、世話を始めた。脱がして、拭いて、転がして。それに、排泄物の処理もやった。それを自分でやることを、私は普通の入院患者には望めない特権だと考えていたけれど、このときは面倒な気がして、多少雑にやってしまった。

ふと手を止めて、肉体を見つめた。

ブラインド越しに夕日が差しこみ、ベッドを照らしていた。鼻から上をすっかり機械に覆われて、乳房や足を無防備にさらした二十代の女の体が、横たわっている。それは良くも悪くもずっと慣れ親しんできた、「自分の」体のはずだった。

ところが今は、それに強いよそよそしさを感じてしまった。温かい肉と肌を持つ体に——。私は、母の前で感じた気持ちの正体に気づいた。嫉妬だ。

割り切ったつもりでいたけれど、やはり私は悔しかったのだ。自分のもののはずの体に、自分がもう戻れないということが。

いやそれでも、これは私のものだ。この脳の一部が私である限り——いや、仮にそうでなくなったとしても、これは私なのだ。

懐かしさと、悔しさと、本来必要ないはずの所有欲が、私を突き動かした。神経質にあたりを見回して、他人の目がないことを確かめてから、顔を寄せてそっと肉体に口づけした。じきに力を込めて、抱きしめた。

その時から私は、普通の女とは少し違う形でではあるけれど、そうやって自慰をするようになった。


私は一度だけ、希望して数週間仕事に出た。「団体」は私が金を稼ぐことなど要求しなかったけど、私がどんな社会的行動を取るかには興味を持った。

結果は、まったくたいしたことがなかった。私は契約期間の間、ごく普通にスーパーの店員を務め、帰ってきた。シンセットに寛大な店を選んだので他の店員に敬遠されることはなかったし、客のほうでも慣れていると見えて、何も言われなかった。HSコンビナートを介して動かされるシンセットは、完璧に日常生活を営めることが、なんの面白みもなく証明された。

「団体」がそのデータを、いろいろなことに使うのだろうということはわかった。でも私は、そんなデータを生み出しただけでは物足りない気持ちだった。私はあてがい扶持《ぶち》の暮らしが嫌だった。少しは借りを返して、肩の荷を軽くしたかった。

私は知っていた。三週間と四日のバイトで私が稼いだのは税引き後で十万四千八百円でしかないのに、その期間、私を稼動させるためには、八百七十五万円もの費用がかかっていたことを。

さらに私は、医療費とシステム全体の開発費として、数十億円を「団体」に使わせた。度胸のある人なら、「払ってくれと頼んだわけじゃない」と開き直れるのかもしれない。私には無理だった。相手は法的に怪しい存在である自分を生かしてくれているのだ。精一杯、気にかけていない振りをしていたが、まったく無視してしまうことは不可能だった。

自宅へ帰りたいという頼みを、やんわりと拒否された時も、それ以上強く出られなかった。見舞いに来てくれた両親に、ここで一生暮らすことになったから、と自分から告げた。両親もそれは覚悟していたみたいだった。

あんな大事故に遭ったのに、まだ生きていて会話できるのだから、御《おん》の字というものだ。嫁に出したと思うことにしたよ、と父はずいぶん老けたような顔で言った。

どのみち、外で本格的に働くことはできなかった。私には、私の肉体を介護するという仕事があったから。皮肉なことに、私の肉体の世話には週に何十万もの金がかかるので、私が私の世話をするのが、一番、対費用効果がよいということになるのだった。

そういうわけで私は施設に嫁入りした。

モルモットであり続けることが仕事なのだと、いったん割り切ると、それなりに落ち着いた。事故の前には一応将来の展望を持っていたつもりだったけれど、生と死と厳しい現実に囲まれたこういう環境に放りこまれると、当時の展望なんて甘い夢以外のなにものでもなかったことがわかった。ここは法と医学の最前線にあたる。けっこう刺激的で意義ある場所に来られたのではないか、と自分に言い聞かせたりもした。

難しいことを考えなければ、暮らしは楽しかった。私が人間ではなく、本物のモルモットだったら、ここを天国だと思っただろう。

私の典型的な一日はこうだ。

朝、肉体の隣に並べられたベッドで目覚めると、まずはHSコンビナートを点検する。自分の体のことだから、監視の職員に任せたりしない。肉体を清拭し、着替えさせて、体調を見る。

それから病院付属の工場へ行って、自分のシンセットの点検を受ける。取り替えの利く道具でしかないとはいえ、シンセットは安いものではない。形式上は「団体」から私に貸与されているので、雑には扱えない。きちんと技師に見させる。

望めば地下の電算室に行って、自分の脳と思考のデータを見ることもできる。病室にあるのはインターフェイスだけだ。計算はすべて地下で行われている。私の行動は指一本の動きまで記録されているし、喜怒哀楽の感情もすべてモニターされている。何時何分何秒にどんなホルモンが出たかまでわかる。ホルモンといっても数学的なものだけど。

とはいえ自分の思考は見て面白いようなものじゃないので、滅多に見ない。ただ、地下に行って顔を見せないと、担当者たちに自分の思考をいいように操られているような気がしてくるので（そしてそれは可能なはずなので）、気休めに行くだけ。

昼は働く。新型シンセットのフィッティングをすることが多い。「団体」はテストドライバーに試作車をあてがう自動車会社のように、私にロボットをあてがう。私は自分の意識を次々と異なる試作品に送り込んで、動きを試す。そして新しい操作コンフィギュレーションを制定していく。

操作コンフィギュレーションの制定とは、新しいシンセットに、編み物だとか料理だとか、あるいは牛の乳搾《ちちしぼ》りだとか、原子炉配管内の温度計の交換だとかをさせて、可能と不可能を見極めていくということだ。完成したばかりのハードウェアは、作った側にもどう動くかが完全には把握できていない。どこかのネジの強度が低くて、フライパンを持っただけで折れてしまうかもしれない。設計図上では完璧な機械も、作れば必ず穴が見つかる。

私はそういうシンセットに入って、少しずつ無理な力をかけたり、無理な速さで動かしたりする。技師によれば「エンベロープを広げ」ていく。意味はよくわからないけれど、この仕事には確かに意味と成果が感じられる。お仕着せではあっても、気に入っている。

正午と夕方にも肉体を介護する。いささかつまらないのは食事がないこと。肉体は経管栄養で保たれているし、私の食事はバッテリーの充電だ。ものを味わい嚙み砕き飲み込んで満腹になる、という行動が取れないのは、やはり寂しい。

午後の仕事を終えると自由時間になる。スポーツを除いて、普通の人間がやる娯楽はほとんど私にも許される。服を買いに行ったり、事故前の友人と食事（の場での会話）を楽しんだり、Vフィールドでできた友人と、オフ会に出たりした。

けれどもそういうことはたまにしかない。普段は一番近くにいる、「団体」の人々と過ごすことが多い。医師と対等に話すのは難しかったけれど、技師や事務員とは親しくなれた。

技師には女性もいるけれど、男性のほうが多い。私と最初にコンタクトしたあの技師は、今でも私のそばにいて、面倒を見てくれていた。

夜はもちろん眠る。シンセットでの生活は負担が大きいらしく、一日に十時間以上の睡眠が要る。だから私の就寝時刻は、昼勤のスタッフが上がって、夜勤のスタッフがぼちぼちと出勤してくる時間帯になる。その頃になると、もう眠くてふらふらになっている。管制室で技師たちと話しているうちに、その場で寝てしまうこともある。

そういう時、部屋までよく送ってくれるのも、あの技師だった。

「付き合ってくれないか。結婚を前提として」

彼からそんな古風な告白を受けたのは、事故から二年目の秋だった。場所は病院に近い交差点。日曜日に誘われて、彼の車（衛星携帯電話で病院と常時接続されている）で山へ行った帰りだった。

私は冷静に返事をした。

「ストックホルム症候群でも期待した？」

「前からそうだけど、君はきつい性格だよな」

一度うなずいてから、本気だよ、と彼は言った。

「弱い立場の君に選択を迫っているのは自覚してる。ひどいと思うだろうけど、考えてくれないか」

「確かに、断ったらあそこにいづらくなるわね。あなたから離れるわけにはいかないし」

「離れたいのか？」

私は顔をそらして、助手席の窓の外を眺めた。そして、落ち着いて自分の気持ちを確かめようとした。

「断ったら『団体』に見捨てられるのかな。透析の失敗で脳が水浸し、とかの理由で抹殺されたりして。だったら困る」

ごまかそうとしたけれど、返事はなかった。彼はハザードを出して車を路肩に止めた。これで、先送りにすることもできなくなった。

私は彼に向き直って、聞いた。

「私のどこが気に入ったの。動けないところ？　シリコンでできているところ？　電気で生きているところ？」

「馬鹿なことを聞くなよ、性格に決まってるだろう」

私はまた顔をそらした。自分の体がシンセットでよかったと強く思った。生身だったら、頰が赤くなっていただろう。嬉しかった。

暗闇の中で声をかけてくれた彼。Vフィールドで親身になって事情を話してくれた彼。よく考えてみると、私も彼を好きだった。

けれど、好きだからといってすぐに申し出を受けられるかといえば、そうでもなかった。付き合うといっても、どうすればいいんだろう。私の体は、機械だ。機械なのに恋愛をするなんて、変じゃないだろうか。将来もない。私は子供を産めないし年もとらない。逆に、あまり考えたくはないけれど、いつＨＳコンビナートの不調で死ぬかもしれない。第一、法的に生きていない。

ごちゃごちゃと脈絡のない考えが浮かんで、まとまらなかった。機械のまま、彼とうまく付き合っている自分を想像しようとしたけれど、できなかった。何かいびつな感じがした。

「どうかな」

声をかけられて、私はハッと我に返った。彼はハンドルの上に腕組みして、前方を見つめながら、待っていた。人差し指で、トントンとゆっくりハンドルを叩いていた。

その横顔には、素直に惹かれた。でも、何かが強く私を引きとめていた。

「ごめん。……しばらく考えさせて」

「今、だめか？」

「ええ、ちょっと」

「どうして？」

彼がこちらを向いた。私はうろたえて、目を伏せた。

「わからない。でも、あなたが私と同じようにシンセットだったら……」

「そんなの、どうでもいい気がするけどな」

私は返事をしなかった。彼はため息をつき、車を出した。

部屋に帰った私を、私の肉体が迎えた。隣のベッドに腰掛けて、私は話しかけた。

「今日、告白されたよ」

「あんたか私か、そのあたりの何かが彼のお気に召したみたい」

「結婚だってさ。……式を挙げて、ハネムーンに行って、新妻やって、料理と洗濯と掃除して、夜はセックスして……そういうことだよね。まあ、それが全部じゃないだろうけど」

「全部じゃないけど、それが一つもできない奥さんってのも、どうなのかしらね。できるのは、そばにいることだけ。……それじゃあちょっと、ねえ」

私は肉体の横顔をしばらく見つめ、ベッドの間の車椅子をつたってそっちのベッドに乗り移った。そっと寄り添って、頭を覆う拘束具めいた金属殻に額を押し付けた。

「泣いて」

いくつもの壁に隔てられた自分に、私は呼びかける。

「目から涙。ほら、出しなよ！　泣けよ！　なんにもできない私！」

肉体のまぶたは閉じたままだ。それは永遠に開かないし、泣かない。私の肉体は、役立たずの臓器を山ほど詰め込んだ、ただの塊でしかない。

私はそれを強く抱きしめた。今の不幸は私たち一人と一つに平等にかぶさっていた。分けられたままやっていけそうな気がしていたのに、今夜起きたのは、私たちにはどうしようもできないことだった。

「悔しいね……悔しいよね！」

脳の中の私は、シンセットに自分を抱きしめさせた。押し付けて、くっついて、一つに戻ろうとした。抱き起こして、揺さぶろうとした。

警報が鳴って技師たちが飛びこんできた。振り向くと、彼もいた。

彼と目があったと思った瞬間、私の肉体がコンビナートから外れ、剃髪された頭部が、金属殻からすっぽりと抜けた。

その途端、ＨＳコンビナートが緊急停止した。私の意識を自転させている、ウロボロスめいた環が断ち切られた。

私は、驚くほど長い間彼の目を見つめてから、ゆっくりと静かな闇の中の眠りに戻った。


事故に遭ってから九年四ヵ月目、シンセットが人権を得た。付帯条項が三ページぐらいついたけれど、とにかく得たことは得た。

私はその法の、第一号の適用者となった。人間から重病人になり、重病人から脳死体かつモルモットになった私が、さらにまた人間に戻ったのだ。パーティーが開かれて、新聞に載った。

法律は、しかも時間を遡及して適用された。法的には死体だった間も、私はきちんと人間だったことになった。「団体」はその期間の給料を払ってくれたけど、それは象徴的なことだった。今まで続いてきた、費用のかかる私の体の維持は、今後も続くことになった。

私にとっては、私が死体かどうかよりも、そちらのほうが重要だった。

強いて言うなら、ひとつだけ変化があった。――それは、プロポーズを受け入れたこと。

人間に戻ったので、そうすることができた。私は彼と結婚した。

実のところ、昔、告白されてからそう時間がたたないうちに、交際を始めていた。

すれ違いや衝突はもちろんあった。二つの体と、その中間に浮かぶ魂を持つ私は、彼に好きだと言われるたびに、「どの」自分が好かれているのかと、心を悩ませた。彼は彼でもっとずっと苦労していた。彼は仕事柄、私のシンセットにも、肉体にも、機械にも触れたり声をかけたりしなくてはならなかったが、やはりどうしても、部分部分で扱いに差が出てしまっていた。機械を扱うのはぞんざいになるし、肉体の面倒を見るときは丁寧になる。それを自分で気にして、一時期身を引こうとしたときもあった。

けれども彼は努力を続け、しまいには、私を――私たちすべてを、受け止め、包容してくれるようになった。

彼でよかった。それは本当に、彼にしかできないことだった。複雑にからみあった肉と機械を見通して、その奥に流れている「私」を把握するなどということは、他のどんな人間にも、実の親にさえも、できないことだった。

そのころの私たちのことを人に説明するのは、とても難しい。外から見てわかるようなつながりがあったわけではないから。私にできるのは、小さな思い出を語ることぐらいだ。

彼は夏の公園の木陰を、車椅子と並んで歩きながら、シンセットの私の目の奥を見て、こんな言葉を言うことができた。

「日差しで肌が痛い！　ほら、こんな感じだ」

そう言って、私の目の前で、ピシャリと手のひらを打ち合わせた。

私はぱちぱちと瞬きして、それを受け取った。——シンセットの体は熱さも冷たさも感じ取れるが、そのダイナミックレンジは人間の肌に及ばない。まして、HSコンビナートの中で走っている私の意識や、眠っている私の肉体は、夏の日差しを浴びる感触など何年も前に忘れてしまっている。

それなのに、手のひと打ちで、盛夏のカッと照り付ける陽光の感覚を、鮮やかに思い出した。

私たちにそんな思いをさせることのできるのが、彼という人だった。

法律が制定されて、結婚を決めても、だからそれは事実の追認だった。ただ追認とはいえ、きちんとした結婚式ができたのは、とても嬉しかった。

結婚式！　そんなもの、あきらめてから時間がたちすぎて、恥ずかしいぐらいだった。それでも彼はやろうと言ってくれた。

式は教会だった。両親や友人が来てくれた。シンセットを私と認めてくれるようになったのだ。それに、別のシンセットも十人ほど来た。ずいぶん昔、Vフィールドで知り合った人たちだ。あの「サイ」は、なぜか生身でやってきた。シンセットを使うのが恥ずかしくなったのかとたずねたら、首を振って、単に整備中なんだ、と言った。彼が私の前で、シンセットを否定するようなことを言うわけがなかった。

そして彼らが見守る前で、私はバージンロードを歩いた——両足で！

そういうものが市販されている時代になったのだ。でも、実は操作コンフィギュレーションの設定が間に合わなくて、私は慣熟できていなかった。前夜、徹夜で練習したのに。

当日は、裾を踏んで転ばないように、恐ろしく集中して歩いた。

指輪を交換するときは風邪でも引いたように震えていた。この頃の私は、ほぼ人間に等しいあらゆる行動をマクロ化し終わっていたから、よっぽど緊張したのでない限り、シンセットをガタつかせることなどなくなっていた。

それを一番理解している彼が、手を取って聞いてきた。

「あがってる?」

「すごく」

ぶるぶる震えながらうなずくと、彼はやにわに、私を抱きしめた。予定になかったから驚いたけれど、おかげで震えが収まった。

二人、並んで立った私たちに、司式の男性が愛を誓うかと聞いた。

「誓います」

私の脳は、四キロ半離れた教会にいるシンセットに、その言葉を発しさせた。

三ヵ月後、震度六の地震が四つの県をまとめて襲った。

それは朝に起こった。私は起床したばかりで、床に這いつくばって、ベッドの下に入りこんだスリッパを取り出そうとしていた。

なんだか地鳴りが聞こえると思った次の瞬間、地球がはねあがって私を押し潰そうとした。私の骨格は丈夫な複合材だから潰れはしなかったけれど、床とベッドの間で、小箱に入れられた豆のように激しく揺さぶられた。

揺れが収まった時には、部屋中を濃霧のような粉塵が満たしており、しばらく何も見えなかった。サイレンが鳴って、電算室の状態を確認しろという録音アナウンスが響いた。それ以外には何の物音もせず、不気味な静けさが生まれていた。でもすぐに、遠くから何人もの悲鳴が聞こえてきた。

大きな地震だったが、停電にはならなかったようだ。それとも、すでに自家発電が作動しているのか。ともかく私の意識があるということは、電源が生きていて、HSコンビナートが動き続けているということだ。

ひと安心した。この機械はまだ世界に何台もないから、もし壊れたら、当分の間、あるいは永遠に目覚めることができなくなるところだった。

私はベッドの下で自分のあちこちに触れ、大きな傷がないことを確かめた。それから、外へ這い出してHSコンビナートの状態を確かめようとした。

ベッドの上をひと目見たとたん、頭が真っ白になった。

ひと抱えもあるコンクリートの角柱が、斜めに倒れかかっていた。そんなものがどこから来たのか、最初は理解できなかった。頭上を見ると、小奇麗な天井材が割れて、黒ずんだ天井裏が見えた。そこから梁《はり》が落ちてきたらしい。そういえば、本当はこの建物はかなり古かった。

いや、天井の観察なんかしている場合じゃない。もっと大事なことがある。でも、それはあまりにも明らかで、私はなかなか確認する気になれなかったのだ。確かめることが、怖かった。

勇気を出して梁の下を覗きこむと——パジャマの布と、ほこりで汚れた肌が見えた。ベッドの反対側へ回り込むにつれ、惨状が目に入った。私の胸のすぐ下に、重いコンクリートの梁がのしかかり、ひき肉のように無残に押し潰していた。

口元からは泡交じりの血が音を立ててあふれていた。体はどう見ても助かりそうになかった。ただ、剃髪された頭部は無傷なようだった。私は少し希望を抱いた。大事なのは頭だ。脳さえ生きていれば、なんとかなるかもしれない……。

その時私は、ようやく異常に気づいた。それはあまりにもおかしなことだったので、ひと目見ただけでは異常だとわからなかった。

もう一度、肉体に目をやった。つるつるに剃られた頭を。私は自分のそこを見たことがない。寝ている間に看護師が剃ってくれている。

当然だ、金属殻が外れれば、私という環は消えてしまうのだから。

だけど今、私は頭部を見つめている。

脳がないのに見つめている。

これは誰が見ているの？

私は何!?

ゆっくりと、機械のようにぎこちなく手を動かして、自分の顔や体に触れた。通電シリコンの、弾力のある温かい感触がした。確かめるまでもない。この体はシンセットだ。でも、その中の私は、なんなのか。人間ではなかったのか。

足元が崩れていくような、もたれる壁がなくなったような恐怖が襲ってきた。私はうろたえてあたりを見回し、悲鳴を上げた。

「誰か……あなた、来て！」

ふらつきながら廊下に出た私は絶句した。向かいの管制室の開け放たれた扉の向こうに、コンクリートと鉄筋とオフィス機器の入り混じった、瓦礫《がれき》の原があった。天井が落下して室内をまるごと押し潰したのだと気づくまで、たっぷり三十秒はかかった。

理屈では、そこに彼もいるはずだった。彼はいつも、私より一時間早く目覚めてコンソールにつく。

部屋に入って、瓦礫に足を取られながら、私はそのコンソールがあるあたりまで歩いていった。

コンクリート片の端から、指輪をはめた腕が覗いていた。急いでそれを取って握ってみた。でも指はぴくりとも動かなかった。私の手の中で力なく曲がるだけだった。

私はその手を握ったまま、へたりこんだ。上げ潮のようにひたひたと悲しみが湧いてきた。喉を越えて、鼻まできた悲しみが、目からあふれ始めた。私は涙を手に入れていた。

「泣くために涙腺をつける」なんて、普段の時には馬鹿馬鹿しく思えたけれど、こうなってみると、やっぱりそういうものが必要なんだと、よくわかった。

私は熱い涙をいやというほど流して、大声で泣いた。避難のことや、救助のことは頭になかった。このまま建物が崩れるのを待って、彼とともに死んでも良かった。

泣いて泣いて——力をこめて水分を発散していると、それとともに悲しみの水かさも減っていくようだった。やがて涙が尽き、私は声を止めた。かき回した水の汚れが底に沈殿していくように、私は落ち着いていった。

他の場所からの叫びが耳に入ってきた。死は彼だけのものではなかったようだ。あちこちから悲鳴が聞こえる。外からも。ものすごい地震だったようだ。

「どうしよう」

ひとりでにつぶやきが漏れた。自分のつぶやきに、私は反応した。そうだ、これからどうしよう。彼と死ぬのもいいが……私は、まだそれ以外のこともできる。私には気力が残っている。

時がたつとともに、何かしなければいけないという気が強くなってきた。

でも、何を？

彼は死に、私の肉体もそうなりかけている。私は、何者でもなくなってしまった。法律も、シンセットを操っている本人の肉体が死んだ時のことまでは決めていない。そもそもそんなことはありえない。私の本質である肉体がなくなってしまったのに、私が生きているなんてことは……。

いや、一つだけある。この事態の説明が。


マクロだ。


私は呆然と自分の両手を見下ろした。腕をゆっくりと持ち上げ、それを目で追った。五本の指を握り、開き、一本ずつ折り曲げた。

どの動作も、私は自分でマクロに組んだ。脳の命令がなくても、不随意の反射で動くように。いちいち考えなくても動くように。それは特別なことではなかった。普通の人間がやっていることを、できるだけ追い求めようとしただけだ。肩を叩かれれば振り返る。膝を叩かれればつま先を上げる。日常生活の動きはほぼすべてマクロ化した。

動作だけでなく、部分的な感情表現さえもそうした。気の乗らない状況で笑うとき、怒るとき、私ではなくマクロが表情を作っていた。

それをケースワークしているのは、電算室のコンピューターだ。

そう、「感覚で維持される覚醒状態そのものが意識」。

私は計算、
なのか。

恐怖で体が小刻みに震えだした。思わず、自分をきつく抱きしめた。夢だと気づいたら夢が醒めてしまうように、自分が計算だと気づいた途端、意識を意識たらしめている膨大な計算が崩壊して、自分が消滅してしまうような気がした。

だが、そんなことはなかった。冷酷に、頼もしく、現実はその想像を否定した。計算機は強固に私を覚醒させ続けた。

つまり私は——もはや脳ではない私は——生き続けられるのだ。たとえそれを望まなくとも。

その意味が心に染みとおっていくにつれて、私は彼の手をもう一度強く握りなおしていた。それは他人からは、私が愛惜の念にとらわれて、彼のもとを離れられないでいるかのように見えたかもしれない。

でも、私は逆の意味を込めていた。いまだに少しは残っていた、殉死への甘美な願望が、この事実に気づいた途端、さっぱりと消えたのだ。

私が生きているのは、偶然でも奇跡でもない。

彼とともに築いてきたシステムが、しぶとく強靭に生き続けているからだ。

だから私は、まだ死ねない。

「ありがとう」

私は最後に、彼の手にしっかりと口づけして、そこを離れた。

することは決まっていた。けれどもその前に、私はもう一度、自分の部屋へ足を踏み入れた。人間的な死に続いて、今度こそ生物的な死に見舞われようとしている肉体のそばに、ひざまずく。

「ああ……」

血のあふれた喉から、最後のうめきが漏れている。白いガウンの首元が赤くなっていく。かつて私であり、私の母であって、私の娘でもあったものが、終わっていく。

私は強制血流循環装置につながるチューブに手をかけ、限りない感謝と惜別のささやきをかけた。

「生きるわ、私」

そしてチューブを引き抜いた。

私は走り出す。時間はない。誰かが電源を落とす前に、電算室へ向かうのだ。いまやそこが私の魂の座。どんなことをしてでも守らなければならない。

私に託された私を生かすために。

（参考文献、森岡正博　脳の人工臓器化と脳蘇生術の発展に伴う脳死概念の変容　http://www.lifestudies.org/jp/no.htm）

Slowlife in Starship

十一立方メートル半、すなわち三畳間にやや欠ける空間に分散した十六匹の猫を捕らえることは、難しいだろうか。成人男性の作業としては簡単な部類に入るだろう。

ごく低い加速度で航行し続ける宇宙船の船内にいるのでなければ、だが。

西暦二一五四年、年初から数えて三つ目の仕事が、それだった。

「白いの、船外服で爪を研《と》ぐな！　ぶちとしま、ヒートシンクでまるまるな！　たれ耳、うんこはトイレだ！」

跳躍を得意とするこの生物を、ほぼ無重力の室内で集めるのは、極めて難しい作業だった。ニャーニャー鳴きながら飛び跳ねたり潜りこんだりぐるぐる回ったりしてくれるので、なかなかつかまらない。商品じゃなければハッチを開けて部屋の空気ごと放り出してやるところだ。

まあ迷子になる心配だけはない。さっき言った容積、それが掛け値なしに僕の船の全可住空間だから。キャビンに据えたローテーブルが暮らしの中心で、クロゼットと食品庫に左右を挟まれている。僕が座ると後ろが水周りとなり、頭上の物置の方向が船首になる。宇宙船らしい内装は残る一方の壁に造りつけのディスプレイと、二つ並んだキーボードだけ。便宜上そこをメインデスクとサブデスクという座席扱いしているが、席なんてものは存在しない。

椅子で体を支えなければいけないような加速度には、生涯出会わないのがこの船なのだ。

僕が猫を追いかけ回していると、サブデスクにいるロボットのミヨが、目鼻のないつるりとした顔をこちらに向けた。

「サー、フォボスからネクストミッションのリストが来ました」

「その前にこいつらの追い込みだ。ケージに戻さなきゃハッチを開けることもできない――

――あっつつ、噛むなこら！」

「サー、読み上げましょうか」

「そうしてくれ」

ミヨはサブデスクに行儀よく座ったまま、衛星フォボスから送られてきたリストを読み上げた。小惑星帯《メインベルト》から火星へ落下しつつある僕たちが、その次に請け負えそうな仕事だ。

「第一候補、旅客一名を小惑星５５６４８へ。第二候補、ウイルス結晶四十キログラムを小惑星１７６５９へ。第三候補、データメディア五十キロをエウロパへ……」

「うちは旅客向けの船じゃない。ＢＣ貨物の積載規格にも適合してない。エウロパは遠すぎる。おい、引っかくなってば」

「サー、却下ということですか。今おっしゃった意見はすべて対策可能ですが」

「却下だよ」

「サー、では第四候補……」

　僕のスピノール製35年式標準型単座船《スタンダード・シングル・トランスポータ》は、新造以来十九年を経た年代ものの宇宙船だが、ミヨは今年導入したばかりで、経験が浅い。しかもナビゲーターではなく、ハウスキーパー型だ。報酬とリスクと時間と消費推進剤を天秤にかけて、ミッションの優先度を決定することに慣れていない。だから、いちいち僕の指示を仰ぐ。

　しかし、僕たちのような低推力宇宙船乗りのナビゲーターを務める以上、そういう手順にはぜひ慣れてもらわなければいけない。

　太陽系という円形競技場で、天体という反時計回りにまわる走者を追いかけて、軌道というトラックを渡っていくのが僕たちだ。走者たちはきわめて足が速く、個々に離れていて、とても数が多い。木星軌道までの登録天体総数は百万個を越えている。その大半はいわゆる小惑星だが、僕たちの仕事場はまさにそこだ。

「第八候補、マリネリス産の高級食材を小惑星９９８１へ」

「キャビアなんかフォボスのマスドライバーに任せればいいんだよ、コンテナ単体で何か不都合があるのか？　僕が売っているのはマンパワーだ。ただの輸送力じゃない」

「マンパワー。つまり、今回のようなミッションということでしょうか」

「……いや、猫はもうごめんだ」

　僕は室内を見回して、ため息をついた。十六匹の暴れん坊たちは、多大な努力にもかかわらず、部屋の各所に居座ってしまった。

　この猫たちを、小惑星４１２９５に住んでいるブリーダーのもとから、フォボスの受取人にまで運ぶのが、今回のミッションだ。受けたときには自分に最適の仕事だと思った。今では多少後悔している。せめて、一匹ずつ名前を確認しておけばよかった。

「サー、あなたの提示される条件は厳しすぎます。どこかで妥協なさるべきではないでしょうか。特に、第一候補のミッションについては、拒否なさる理由がわかりません」

「旅客を運ぶやつか」

　僕はミヨをにらみつけた。

「この僕に、見知らぬ人間と何ヵ月も同居しろって？」

「隔離されていた人間同士ですから、伝染病がご心配でしょうが、私が対策を心得ています。まず、パッチテストでお互いの病原菌耐性を調べていただき――」

「パッチテストなんか必要ない。人間なんか運ばない。よく覚えといてくれ」

「なぜですか？」

「理由はない！」

強く言い渡した。論理の整合性について異論がありそうだったが、結局ミヨはそれ以上聞いてこなかった。あきらめたように話題を変える。

「でしたらこれはどうでしょう。第十四候補、小惑星２５１４３の通信施設のメンテナンス」

「それの優先度が低い理由は？」

僕は用心しながら聞いた。

「船外活動《EVA》が必要ですから、サー。他のミッションよりハイリスクです」

「ＥＶＡなら慣れてる。リスクを考えなくていいとしたらそのミッションの評価は？」

「一番です。軌道経済効率も航行時間も申し分ありません」

「文書で見せて」

ミヨがデスクの前に投影した定型の依頼書を僕は念入りに眺めた。

小惑星２５１４３は、火星―木星間小惑星帯《メインベルト》の仲間ではなく、遠地点一・六天文単位、近地点一天文単位ほどのほぼ黄道面上の楕円軌道をめぐる、地球接近種《NEO》のＳ型小惑星だった。主要構成物質は輝石とかんらん石、密度は二・三、質量は推定三千五百万トン。太陽系じゅうに数十万個はある、これといって特徴のない星の一つだ。ミッション目的は、ビーコンと惑星間通信中継装置を複合した規格品の無人灯台を修理すること。公益法人であるスピノールの仕事だからギャランティは若干低い。

ひとことで言って、地味な仕事だ。実績稼ぎにはなるが、およそぱっとしない。

しかし僕は乗り気になった。

現代は、スピノールや営利企業が、火星地表やエウロパに怒濤のような資金を突っこんでいるご時世だ。たった一人で狭苦しい宇宙船に乗りこんで、とろとろ太陽系をめぐっている僕のような人種の存在意義は、こういう仕事をこなすことにある。緊急性の低いこの手のミッションに核エンジンの大型船を投入するのは船腹の無駄でしかないし、逆にローコストの無人船では失敗のおそれもある。

一人身のなんでも屋がこのニッチを埋めてやることによって、今の太陽系は回っているのだ。世のため人のためになるから、やってやるのだ。

という具合に、自分で自分に言い聞かせるようにしてモチベーションを高めていると、ミヨが思い出したように付け加えた。

「サー、入電です。リストに追加が入りました。セレスまで小動物の輸送です。ギャランティはただいま検討中だったミッションの八倍」

「なんだって、八倍？　よしそれだ、取りあえず連絡して――」

言いかけて、僕は口調を抑えた。

「品種は？」

「スカンクです」

僕はキャビンを見回した。飛び散る抜け毛、漂う食べかす、空気に混ざる動物くささ。去勢してある猫でこれだ！

「やめとこう。ギャラは安くてもいい。灯台修理ミッションのクライアントに打診」

「イエス・サー」

ミヨはまるで感慨のない口調で答えた。


火星周回軌道上のパーキングステーションとしてのフォボスは、スピノール系の人間から も、小惑星人《ベルター》からも、外惑星系の人間からも、そして当の火星に育ちつつある火星人たちからも、まったく同じ不満を抱かれている。

それはフォボスが小さいということだ。

全長二十六キロのじゃがいもは、地表面のあらゆる場所に宇宙船を接地させてもまだ追いつかず、数十本の桟橋《ピア》を伸ばしてやっと殺到する船をさばいていた。僕たちは、一万キロ以上高いダイモス軌道に入ってから、フォボス入港まで十二時間も待たされた。

早いところ、新しい小惑星を引っ張ってくるとかして、もうひとつ宇宙港を開いてほしいものだが、あまりスピノールの連中を責めるわけにもいかない。この混雑ぶりは、彼らだけの責任ではないのだから。

彼らの予想を超えて増えてしまったベルターにも、責任の一端はある。

それはともかく、僕が35ＳＳＴでフォボスへ入っていくと、管制ＡＩに敵意のこもった口調で叱られた。

「フォボス港湾パイロットより、カール・ルンドマルカ・ジックンバラ。応答してください」

「あー、ええと、フォボス・パイロット、十軒原です。ジッケンバラ」

事務的なやり取りだとわかっていても、人と話すのはどうも苦手だ。僕が、読みにくい珍しい姓を持っているのは、先祖のせいであって僕自身に責任はないのだが、それすらも管制官の敵意を誘発しているような気がしてくる。

いや、それは被害妄想だ。相手に敵意なんかないのだ――と自分に言い聞かせたいところだが、こういう場合は本当に敵意を持たれていることが多いから困る。

「あなたの乗船は港湾規定に定められる寸法を大幅に逸脱しています。中小船錨域《びょういき》から離れて大型船／軍艦錨域へ向かってください」

「えー、フォボス・パイロット、大丈夫です。つまりその、錨域前に到着したら、ウイングを縮小して化学噴射に切り替えるので。このまま突っこんだりしません」

疑っているような沈黙があった。船検証は電子的に提出してあるから、それを調べているんだろう。

やがて、入港を許可することと引き換えに、遠隔操船を要求してきた。自分の船を他人に操縦させろというのだから、不愉快極まる命令だが、それ以上会話して断るのが苦痛だった。僕はおとなしく従った。

ＳＳＴが水先案内ＡＩ《パイロット》の遠隔操作で港に入り始めると、ミヨがつぶやいた。

「いいんですか、サー。操船を取り戻すよう行動しましょうか」

「やめとけ、ハウスキーパーのおまえが船乗りに突っかかっても鼻であしらわれるのがオチだ。それより彼の操作数値をしっかり覚えて、さきざき無誘導でもちゃんと操船できるようになってくれ」

ロボットのミヨが相手なら僕は普通に話せる。そしてそんな自分が嫌になるのが常だが、このときは、彼女が操船を取り戻すなんて物騒なことを言い出したのに驚いた。ハウスキーパーのくせに、意外とアグレッシヴだ。

錨域を埋める船の間にＳＳＴが係留されると、僕は仕事の仕上げにかかった。つまり、積荷の猫の引き渡しだ。

十六匹を僕一人で連れて行くのは不可能だったので、申し訳ないが、猫の受取人に来てもらった。それはフォボスの倉庫経営者で、今も昔も変わらぬ用途、つまり船のネズミ捕りのために猫を注文したのだった。

実物を見せると、十六匹すべてが健康を通り越して凶暴なほど元気なので、いたくご満悦だった。しかし彼に名前を聞かれたので困った。仕方なくごまかしたが、例によってアガっていたので、あまりまともな言いわけはできなかった。確か、日本人は文学的理由で猫に名前をつけないのだとか、わけのわからないことを言ったような気がする。

客が去ると、僕はほっとしてキャビンに落ち着き、お茶をすすった。相手がセックスアピールのない中年男だからまだよかった。これが女性だと、はっきり言って会うのが苦痛になる。

しかし、一般人は信じないだろうが、僕などまだマシなほうなのだ。これは強がりで言うのではない。僕の周りには、もっと人嫌いな連中が大勢いる。

僕は小惑星４１２９５に住む依頼主のブリーダーに、仕事の完了を報告した。僕の友人でもある彼から、その性格を端的に表す返答が送られてきた。

「貴君の働きに大感謝。まさにタフ・ネゴシエイターだな。次回も依頼したい」

ネゴシエイトも何も、小一時間ほど日常会話をしただけだ。しかし、同じ施設の中に他人が入ってくると鳥肌が立つという彼にとっては、偉大な行為に思えるらしい。

ともあれ、仕事は済んだ。僕は補給と整備の手配を始めた。次のミッションは無人灯台の補修だ。ひとりの人間に会う必要もない。肩の荷が下り、気持ちが軽くなっていた。

しかしそんな幸せな気持ちも、ミヨの声でぶち壊しになった。

「サー、お電話です。スピノール・マーズのミスター・キングスレイから」

「パパから？」

　僕はたちまちげんなりした。

「留守録にしてくれ」

「イエス。——終了。フォボスにいるので、会いたいそうです」

「パパ、来てたのか。用件は？」

「紹介したい人物がいるとのことですが」

「なんだって……」

　パパ・キングスレイは、僕の遺伝上の父というわけではない。それは僕のような大勢の単独航行生活者が、彼に奉《たてまつ》った愛称だ。彼は巨大組織スピノールの惑星間物流部門の責任者だ。僕たちにとって、もっとも大口のクライアントのひとつに当たる。

　しかし、それと同時に、パパという愛称には多大な皮肉の成分も込められている。というのは、彼が僕たちの私生活のある面について、やたらと世話を焼きたがるからだ。

　昔の本で知った言葉を使うなら、仲人《なこうど》が彼の趣味らしい。——僕たちのような人間が、なぜ彼を疎《うと》ましがるのか、わかっていただけるだろうか。

　特に、彼が電話でこんな風に誘いをかけてくるときには、高い確率でその趣味が発動している恐れがあるのだった。仕事の話なら文書で送ってくる。

僕は断固として、断ろうと思った。が、それを口にする寸前、あることが気になって聞いた。

「ミヨ、今回の修理ミッションはスピノールの発注だったな」

「イエス・サー」

「まさか署名者は彼か？」

「素晴らしい御推論です」

「くそっ、なんてこった」

僕は天を仰いだ——というか、船内では天地などないので、とにかく頭を反《そ》らせた。

「それじゃ断れないじゃないか。しまったな、フォボスになんか来るんじゃなかった」

「お断りになりたいのですか？」

僕はちらりとミヨを見て、すぐに部屋の隅に目を逸らしてぼそぼそと言った。

「お見合いって知ってるか」

「お見合いですか。調べます。——はい、わかりました」

「彼はそれをたくらんでるんだ」

「お見合いは攻撃的な儀式ではないようですが」

「攻撃的ではないだって？　そういう問題じゃない、いや、僕にとっては十分に攻撃的だ。僕がなぜおまえを買ったと思う。おまえがそこに乗っていれば、空席がないって言い張れるからだ。そこに人が乗ってきたら困るからだ。ましてや女なんか！」

「カール、ホモセクシャルは恥ずかしいことではないと思いますが」

「男もごめんだ。とにかく食べたり呼吸したり心を持っていたりする代物は苦手なんだ。おまえはそういうことがないだろう」

「ありません。私は食べませんし呼吸しませんし、心も持っていません。参考までに申し上げますと、そういった特徴を保ったまま、ボディを完全女性型に換装することも可能です。三十六度の体温、本物の皮膚と脂肪の弾力に似せた柔らかさなど……」

「いきなり何を言い出すんだ」

「オプションでそういうことも可能だということで。需要はございませんか？」

「こんな時にセールスか。勘弁してくれ、そもそもそういう機能過剰なロボットがうっとうしいからおまえを選んだんだ！」

「それは光栄です、サー。しかし解決策になりそうな案があるので、聞いていただけませんか」

「何の解決策だ？　僕の性欲については一切まったく心配の必要はないぞ」

「ノー・サー、その話ではなく、お見合いの件です」

ミヨがデスクから立ち上がった。その姿は、簡単に言えば、クリーム色の動くマネキンだ。内骨格と化学筋肉にシリコンを盛った、全長百四十センチほどの人型機械。コミカルなデザインを狙ったのか、五頭身ほどに作られている。それが成功していないとは言わない。

だが、一般的に言って、あまり気持ちのよくない造型ではある。

そいつが小さく首を傾けて言った。

「このボディをパートナーと称して同行するのはいかがでしょう」

「……おまえ、それは気を利かせたつもりか？」

僕は二重の意味で、困惑して眉をひそめた。

困惑の第一の原因は、単にそのボディが気持ち悪いためだ。しかし第二の原因はもう少しややこしい。

このボディは、ミヨの外部デバイスに過ぎないのだ。ミヨの本体は、家政機能を中心とする大きな拡張性を備えた、個人向け汎用ＡＩだ。僕はそれを、家事やＳＳＴの操縦のために購入した。ＡＩと愛を語る趣味はない。それは単なる工業製品だ。冷蔵庫や掃除機に愛を抱けるかというんだ。

「気を利かせたつもりです」

ミヨは馬鹿正直に言った。するとこいつは、僕が冷蔵庫を嬉々として連れ歩くことでキングスレイへの申し訳が立つと思っているらしい。

「ううむ……」

僕は真剣に悩んだ。キングスレイは五十歳だ。弁舌が立ち、押し出しもいい。そんな人物にどう対抗しよう。子供っぽいわがままを主張してみるか、それとも、対人恐怖症のメカフェチ路線を突き詰めてみるか。

正攻法で正面から断れ、などと言わないでいただきたい。それが可能でないことはすでに述べた。

「しかしおまえ、そんなに愛想のないつるつるの格好で僕のパートナーを自称するのは、いくらなんでも無理があるんじゃないか？」

「ではドレスアップいたします。裁縫ならお任せください、サー」

「ドレスアップだって……」

僕は耳を疑ったが、そこまで言われると断る積極的な理由が思いつかず、ついに首を縦に振った。

数時間後、僕たちはフォボス港内の指定されたカフェへ向かった。

ゼロGスツールが天井以外の三方から生えている店内を覗くと、パパ・キングスレイの隣には、案のじょう褐色の肌の若い女性がいた。僕でなくても気後《きおく》れしてしまいそうな目鼻立ちのはっきりした美人だ。僕が入っていくとライオンめいた白髪白髭のキングスレイが片手を上げたが、ミヨの姿を見て顔をしかめた。

「なんだその――何かは」

「何かとは失敬な。僕のパートナーですよ」

僕は、自慢げな笑顔のようなものを精一杯作りながら、そばのミヨを振り返った。

ミヨは擬似的な少女の姿になっていた。擬似的な、というのは細部のディテールを省略したからだ。

クリーム色の頭部には、ロングヘアを目指したらしい、短冊形の樹脂の薄板をすだれのようにぶら下げている。ボディには、ジャンパースカートへの進化途上にある布製の外装をまとっている。足首から下には八ミリ径のステンの針金を器用に巻きつけている。サンダルか何かのつもりらしい。

顔面は空白だ。卵のようにのっぺりした回転楕円体のまま。メイクもできます、というのでやらせてみたが、わけのわからない抽象芸術めいた怪物が出現しそうになったので、あわててやめさせた。何もないほうがまだましだ。

その結果できあがったのは、日向《ひなた》に立って、影だけを人に見せたならば、まあ女の子のようなものと思ってもらえそうな代物だ。――面と向かって立ったなら、奇怪な立像以外の何物でもない。

その立像がうやうやしく傾いて、自らの商品名を名乗った。

「スターレスディープナイトⅠ型の、ミヨと申します」

後半は僕の父方の祖母から拝借して与えてやった。こいつを買ったとき、初期認証のために名前をつけろと言われたから、深く考えずにつけたのだ。僕はロボットだの宇宙船だのに個体名をつけているやつを見ると、背中がむずむずするたちだ。

もちろん、そういったことをキングスレイたちに解説してしまっては台無しになるから、僕はいかにも親しげに見えるよう、ミヨと腕を絡ませていた。

キングスレイが渋面で隣の女性を紹介する。

「ミズ・アルカ・ストルベアーナだ。スピノール・マーズの惑星間物流部門にいる」

ユーラシア中央の出を思わせる、くっきりした目鼻立ちの美人は、カプチーノのポットから口を離して、よろしく、と如才なく微笑んだ。しかし唇の端あたりに打算と戸惑いの影があった。

大方キングスレイから僕のことを、将来有望な一匹狼のエンジニアだとでも吹き込まれていたんだろう。勇んでたらしこみに来たら、現れたのは生身の人間に興味のなさそうな人形マニアだ。だまされたわ、とでも思っているに違いない。

僕が生身の人間が苦手だということはもう何度も繰り返しているが、そんな僕でも、ごくたまには、人間を好きになることがある。それが女であったことも、歴史上にないわけじゃない。

しかし今回がそのレアケースになることは、どうやらなさそうだった。話を聞くにつれ、アルカがスピノールという巨大組織でうまくやっている人間だとわかってきた。彼女は有名な人の話や、面白い人の話や、僕らが共通して知っていそうな人の話ばかりした。

一般人の間でなら、喜ばれただろう。あいにく僕は人に関心のない人間だった。むしろ、彼女が突然胸襟《きょうきん》を開いて、行く先々の水道の蛇口についている他人の指紋を収集するのが趣味なんですなどと告白してくれたほうが、よほど嬉しかっただろう。

アルカは水道の蛇口の話をしなかったので、僕の関心は急速に薄れていった。後になって覚えているのは、キングスレイと話したことだけだ。

「小惑星25143への独航ミッションを受けたそうだな」

「あれはあなたが周旋《あっせん》してくださった仕事なんですか」

「いいや。しかし私の部門の仕事だろう。一つ一つ把握してはいないが」

「じゃ、どうして僕が受けたことがわかったんです」

「簡単だ。ミッションではなくて君のほうをマークしていたからだ」

注目しているぞ、というようにキングスレイは視線を据えた。つや消しの紺の上等なジャンプスーツの胸で、フランシス型の水車に似たスピノールのロゴがぴんと張った。

月面会議《スピノール》は巨大で安定した組織だ。今の太陽系に存在する権威のうち、かなりの部分をこの水車ロゴを身につけた人々が行使している。それが事実であることも多い。彼らは、自分たちの提案が他人を幸福にすると強く信じている。

「なあ、一人暮らしが楽しいのは若いうちだけだよ。そのうちきっと家庭や安定した生活がほしくなる。私たちと仕事をしよう。もちろんデスクワークなんかにつけやしないから……」

そろそろ本音が出てきたな、と僕は思った。彼が僕たちのような人間に声をかけるのは、それが目的だ。つまり人材確保だ。単独航行生活者たちはスキルが高く（でなければ宇宙では生きていけない）、スピノールの需要を満たすことができるが、組織に適合できず、根無し草のようにすぐどこかへ放浪していってしまう。

だから彼らは結婚を勧める。

でも僕は、まだ、そういうつながりをほしいとは思わなかった。

キングスレイに頭を下げて丁重に断る。

「申し訳ありませんけど、間に合ってますので……」

「ロボットに恋するのは生産的じゃないぞ」

彼は、健康的じゃないぞと言うべきだった。僕より早く隣のアルカが反論したのだ。

「だから、生産的な人間の女性に引き合わせようとお考えに？」

「いや、そんなことは言っていないよ」

キングスレイがやんわりと言ってかわした。

自然状態の男女はこんにちでもなお、セックスすると子供ができてしまうので、出産という現象も消滅してはいない。しかし大気圏外では他に七、八通りほど人間が繁殖する手段があるので、子供を作るために結婚する人間は少数派になった。キングスレイはちょっと失言したみたいだ。

アルカは憤然と言った。

「私、子育ては引退してからにしようと思っていますから。そのために卵も保存してあります。子供の父親を見つけるのと、この面談とは別です」

「ストルベアーナさん、ちょっと……」

こういう気が立っている女性に話しかけるのははなはだ勇気が必要だったが、僕にも誤解されたくないことはあった。

「あのですね、僕も繁殖をテーマとする気はないので。……その、ミヨはあくまでも精神的な面でのパートナーなんですよ。パパが言ったような意味での取り扱いはしていませんせ」

「そうなの？」

「ええと、ほら、この子の姿がセクシーに見えますか？」

直線と若干の低次曲線だけで輪郭された、千代紙人形のような姿を僕は指し示した。アルカはなおも疑《うたぐ》り深く眉をひそめた。

「そういう形が好きな男性はいくらでもいるわ」

僕が生身の人間、特に女性を好かないのは、たまにこういう台詞《せりふ》を口にするからだ。しかし反論すると余計に話がややこしくなるので、我慢して話を進めた。

「とにかく、僕はあなたに性的魅力を――」感じるとか感じない、というような話をしたら、火に油を注いでしまうことに気づいた。僕は慎重に別の言い方を探した。

「つまり僕は、あなたみたいな美人に釣りあう男じゃないんです」

「あら、そんな言い方をなさらなくても」

「いえ、先ほどからお話をうかがっていると、僕にはわからない難しいことばかりで」

「卑下《ひげ》するのはよくないわ」

アルカは微笑を浮かべた。そこには哀れみと軽蔑が混ざっている。僕は快くはない。はっきり言えば情けなかったが、それでも、詰問が終わったのでほっとした。

いっこうに進展しない話し合いに限界を感じたらしく、キングスレイが憮然とした顔でスツールから立ち上がった。

「気が向いたらいつでも連絡してくれ。ただし早いうちにな。五十過ぎてからではご遠慮願うかもしれん」

「お気遣いありがとうございます」

五十過ぎの自分など、とてもまだ想像する気にはなれなかったが、挨拶というものをしておく必要は感じた。

ストリートに出て彼らを見送ると、僕はかたわらのミヨに目を戻した。

「さ、芝居は済んだぞ。放してくれ」

「イエス・サー」

ミヨが手を離した。その時になって、こいつの五本指が本物の恋人のようにそっと腕をつかんでいたことに気づいた。

いささかぞっとした。演技だとすれば念入りすぎるし、本気だとしたら――。

いや、ロボットに本気も演技もないが。


船への帰り道、僕はスピノールの行く末について考えていた。

スピノールは優秀な人が大勢集まった、とても有能な組織だ。SpinAll《スピノール》という、自負のこもったご大層な名称は、伊達じゃない。彼らは自分たちが太陽系を回していると思っている。二十年前までは確かにそうだった。

スピノールの雛形は月面滞在者横断連絡会議と言った。今から九十年ほど前に、地球から離れた月面で、各国の月基地隊員が互助のために作った組織だった。そのメンバーは、人類の中でもっとも自負心の強い三馬鹿《トリオ》たち――軍人・飛行士・船乗りがほとんどを占めており、なおかつ融通の利かない学者や技術者の属性を持っている者までいた。

逆にそこにいなかったのが、政治家と官僚だった。この両者を抜きにして集団を作ったんだから、それはそれは優れた組織になった。最初のうち、スピノールはタスクフォースの鑑《かがみ》みたいに言われていた。それをテーマにしたヒーロー番組まで作られた。

彼らがあるものを手にしたとき、その力は飛躍的に跳ね上がった。ハウスエッグA型と呼ばれる、量産型の小型宇宙家屋だ。それはとても地味なものだったが、ひとつの特徴があった。太陽光の入力以外、外部から何の補給もなしで、半永久的に人間を生かしておけるという点だ。

家出息子が自分で食い扶持《ぶち》を稼げるようになったようなものだった。つまりスピノールが地球の頸木《くびき》を外すことに成功したのだった。

それ以来、スピノールは太陽系開発の先頭に立ち、繁栄する月と、繁栄しようとしている火星と、繁栄する予定の木星系をすべて勢力圏に収め、地球に対しても大きな発言力を振るってきた。

ところが最近、新たな勢力が現れた。それがベルターだ。小惑星帯《メインベルト》に住むベルターは、その人口と生産力でスピノールを圧倒しつつある。

ベルターはスピノールの人々とはあらゆる意味で対照的だ。そもそもスピノールが組織の名前なのに対して、ベルターは「だいたい小惑星帯あたりに住む人」程度の意味しかない。ベルターは個人の集まりだ。組織ではないし、国家でもないし、往々にして共同体ですらない。そして家族でもない。多くは若い独身男性であるか、高齢の男女だ。

そしてたいてい、一人が一個の小惑星に住んでいる。

彼らは巨大な宇宙建築物を作ったり、政治活動を行ったりはしない。だが、生産はする。まず基本的に、小惑星資源の採掘ぐらいはみなやっている。それに加えて、一人一人のマンパワーでできる小さな作業を、さまざまな形で提供している。

個々に見ればたいしたことのないその生産が、巨大組織であるスピノールにも無視できないほど増えてきた。それが、スピノールの近年の懸念だ。

彼らが人間を集めている背景には、そういうことがあった。

将来、この流れはどうなるのだろう。ベルターがどんどん増えて、やがてスピノールを飲み込んでしまうのだろうか。でなければ、スピノールがどこかでベルターの掌握に乗り出して、ゆるやかな国家、あるいは厳しいコミュニティとでもいうべき、組織化を行うのだろうか。

それとも、両者がお互いを無視して、各自勝手に繁栄していくのだろうか。

それによっては、スピノールとベルターの中間にいる僕の将来も変わってくる。どちらかにより深く関わるということを、今のうちから行っておくべきなのかもしれない。さすがに船乗りの僕が、誰とも交わらずに生きていくことはできない。

そんなことを考えていた僕だが――。

「カール、このまま船へ戻っていいんでしょうか」

「あ、どっかで買い物していこう。海苔《のり》と醤油《しょうゆ》が切れてた」

「納豆もです」

「それ、豆だけ買っていって作れないかな？」

　ミヨに日常の雑事を振られたので、難しいことはすぐ忘れてしまった。


　船の出港準備が大忙しになるのは五千年前と変わらない。僕は先航で消耗した部分を補修し、ミヨは荷物の積み込みを監督した。スピノール・マーズの港湾補給部門は、おそらく警備部門以外でもっとも気の荒い連中の集まっているところだと思うが、その連中に口笛を吹かせたのが事件といえば事件だった。

「小惑星帯《メインベルト》からここまで水素二トン半で来たのかよ。えらく器用だな」

　それをやったのは僕ではなくミヨだ。プロに誉められたので、僕はこいつを見直した。

「ずいぶん早く船に慣れたな」

「節約は難しくありません、効率の追求ですから。しかしメタンエンジンとの切り替え時がわかりません」

「それは今だ」

　出港の順番が回ってきて、再び港湾ＡＩが強制水先案内を行おうとしていた。しかし僕はミヨにやらせることにした。指示を出すと、ミヨがＡＩに言い返した。

「フォボス・パイロット、アイ・ハブ」

「ノー、貴船は推力が低すぎます。それでは当て舵ができません。安全のためこちらが操船を受け持ちます」

　どうしますか、と言いたげにミヨがこちらに顔を向ける。おや、気の利いた仕草だ。僕はおもむろに言った。

「あー、フォボス・パイロット、十軒原です。本船はですね、実は液酸メタンロケットを増設してまして……推力線が重心を通っているやつを」

「十軒原、確認します。あなたは船検証にない軌道変更エンジンを持っているのですか」

「カール、それは違法改造です。データ回線で停船命令が来ました」

　二つのＡＩに異口同音に言われると、少々肩身の狭い思いだった。確かに違法改造だ。けれども、自分の船を改造していない独航船乗りなんて、いやしない。万が一に備えたフェイルセーフを用意しない人間は、スペースマンじゃない。

　増設したメタンロケットを使えば、ミヨが多少とんちんかんな操船をしたって、修正してやれる。僕はマイクに言ってやった。

「ほんとすみませんね、ご迷惑はかけないんで」

「十軒原――」

「ミヨ、オフライン、出港」

長話すると言い負かされてしまうから、僕はさっさと通信を切った。ミヨはおとなしく操船を始めた。

僕はキャビンの壁にのんびり寝そべったまま、サブデスクのミヨの操作を見ていたが、思い立ってメインデスクに入った。ミヨの隣でキーボードを叩いてフォボス港湾の公共カメラ映像を探す。すぐに、僕の船を映しているカメラが見つかった。

桟橋に並ぶ船の間から、他の船に比べて異様に細長い、半透明のフィルムをまとった船が後進で出ていく。全長二百五十メートルに達するそれが僕のＳＳＴだ。誰でもわかるとおり、小さくまとまった形の物体よりも、大きくて長いもののほうが取り回しが難しい。見ていると、ウスバカゲロウの羽根のようなフィルムの先端が他の船に触れそうになった。

「つかまってください、サー」

ミヨの言葉に従うと、コンと軽いインパルスが船体から感じられた。映像の中の船がゆっくりと尾部を振って衝突を免れる。僕は口笛を吹く。

「うまい」

「正規推進系と増設系の統合制御が困難です。リアルタイムフィードバック中、計算、力、限界」

「うわ、止まるな。おしゃべりしなくていいから」

ハウスキーパーのハウスキーパーたるゆえんは、人間とスムーズにコミュニケーションができることだから、ＡＩは会話を優先し、それに大きなリソースを割《さ》くよう造られている。しかしそのままで慣れない操船をこなすのはさすがに難しかったらしい。以後、ミヨはフォボスを離れるまで口を利かなかった。

港に群れる船の瞬《また》きが遠くなると、ようやくミヨは会話を再開した。

「サー、途中で二度接触しました。損害はありませんでしたか」

「いいや？　感じなかったけど」

「港湾での操船ノウハウをだいぶ蓄積できました。次回は無接触で入出港します」

ロボットのくせにずいぶんとやる気になっている。なんだかこいつ、どんどんクセが出てくるな。

「異常がなければ加速しよう。ウイング展開」

「イエス・サー」

もう外部映像はないけれど、僕は頭の中にＳＳＴの姿を思い浮かべることができた。自転を開始して、透明な傘に似たフィルムを遠心力と張線で徐々に引き起こしていく。展開が終わるとバドミントンの羽根そっくりの姿になる。僕たちが入港を嫌がられた元凶がこれだ。開口径四百メートルに達する巨大な円錐形の太陽電池パドル。確かに慣れない人間の目には、どこに何を引っかけるかひやひやものに思えるだろう。

円錐を構成する短冊形のウイングが、きらきらと輝きながら一枚ずつ太陽に向き直る。

「サー、加速を開始します」

「ああ」

僕はメインデスクから後ろへのけぞって、キャビンを監視した。じきに、空中を漂っていた紙くずや服が、そよ風を浴びたようにカーペットに落ちてきた。あくまでもゆっくり、ふわふわとだ。この船が加速を開始したということだ。

そしてこれが、この船の全力でもある。ものを床に叩きつけるような加速は、この船には逆立ちしてもできない。

今、ほのかに輝くイオンの尾が船の後方に生まれていることだろう。この船の主機関はバジマー型のイオンエンジンだ。推進剤の消費量を加減して非常に長い間駆動してくれる。スピノールの連中に言われたような、ずば抜けた好燃費を誇る。

僕たちのような個人航行者にとってまことにありがたいエンジンだが、もちろん、欠点もある。イオンエンジンの要求する大電力を起こすために、九万平方メートルもの広大な太陽電池が必要だってことだ。それを搭載した結果、船殻《せんこく》の質量は船全体のたった八パーセントになってしまった。バドミントンのウエイト部分に位置するワンルームのキャビン。その狭さが、目を見張るような好燃費の代償だ。

それに代償は、もう一つあった。ミヨが報告する。

「サー、二十二番ウイングの張線が切れているようです」

「あとで直しに行こう。おまえも来い」

「このボディでEVAをすることは困難です」

「何を言ってる、わざわざボディつきのおまえを買ったのはこういうときのためだぞ。僕は一人が好きだけど、背中のバルブを見てくれる相手は必要だと思ってる」

「二十二番と対角線上の四番を次の寄港時まで閉じたほうが安全です。急いで修理する必要はありません」

「必要はないかもしれない。でも欲求はある。僕は修理したいんだ」

「ソーリー、サー。意味がよくわかりません」

生真面目に答えたミヨに首を振って、暇つぶしさ、と僕は言った。

イオン推進船の例に漏れず、この船も加速度が低くて航行時間が長い。時間を有益に使う方法を常に考えていなければならないというのが、この船の航続距離の代償だった。

目標の無人灯台がある小惑星25143は遠地点に来ていて、火星に近かった。連続加速で二十日後に到着するとミヨは算出した。けっこう早い。――いや、まあ早いのは当たり前だ。先にすべての候補ミッションの軌道計算をして、一番航行タイミングが合うとわかったから、このミッションを選んだのだから。

僕たちの仕事は何事につけお星様優先だ。

太陽に対して少し高い高度へゆっくりと昇っていく目標へ、僕たちは後ろから追いかけるように接近していった。

昔の人は長期の宇宙航行に耐えるために冬眠航行法というものを考えたという。その方法は今ではスピノールによって実用化されて、数百年スケールの恒星間探査で使われている。

だが、僕たちはそういうことをしない。その理由は僕たちの人生観に関わっている。早い話が、こののんべんだらりとした航行こそが僕たちの日常なのだ。日常をすべて寝て過ごすのは不健康というものだ。

だから僕は、航行の最中の余暇を積極的に使うことにしていた。

ここ五航行ほどの間に僕が自分に課しているのは文通だ。といっても恋人と秘密めかした心楽しいやり取りをするわけではない。太陽系の各所に住む一人暮らしの人間から手紙を受け取り、安否を気遣う返事を出すのだ。定型集から引き写したような構成ではAIにも創れてしまうから、それなりに創作力を奮い起こして手紙を撮る。今回は白ロシアのお婆さんに送った短いコント（ミヨにも台本を覚えさせて巻き込んだ）が出色の出来だった。他にも常連の六、七人に発送した。

それと並行して、バイアブランカで開かれる一般公募美術展への応募作品の下審査と、スピノール特許部門への出願案件の一次スクリーニングも受注した。どれもそれほど高い技能は必要としない仕事だ。だが、ＡＩでは務まらないか、少なくとも人間でなければこなせない。

そういうことをテーブルの前でうんうんうなりながらやっていると、電気オーブンを抱えたミヨがわざとらしく言うのが、最近のパターンだった。

「食事ができました」

「後で」

「しかし、サー、冷めてしまいます」

「後でって言っただろ」

「カール、顔色がよくありません。この種の作業はやめたほうがいいと思います」

「そういうわけにもいかない、仕事だから」

「では仕事を受けるのをやめたほうがいいと思います。収入は足りています、サー」

僕はミヨを振り向いて、のっぺらぼうの顔をにらんでやる。

「毎日寝て暮らせって？」

「そうすることも可能です」

「それじゃだめだ」

「なぜ、それじゃだめなのですか」

「知るか！」

僕はうんざりして答えた。実際、閉鎖環境維持システムとロボットが、基本的な衣食住を賄《まかな》ってくれるから、今日びの人間は生まれてから死ぬまで寝て暮らすことができる。できるというか、僕は一時期そうしていた。

しかし、今はこういう下らないこともきちんとやっている。

ミヨはオーブンに顔を向けて、冷めてしまいますと繰り返した。僕も食事に恨みはない。テーブルを片付けてミヨに給仕させた。主食は、日本食の中でもっとも長期保存が利き、なおかつ低重力環境でも比較的口に入れやすい、餅《ライスケーキ》。

醬油と餅を交互に口に入れつつ、僕は憮然として考える。働くな、とロボットから言われるなんて、わずらわしい時代に生まれたもんだ。ロボットに何も言われないような安楽な時代に生まれたかったが――。

現在、もっとも安楽な暮らし方は、死体袋みたいなフルスキンのインターフェースに体ごと収まって、電子的な仮想空間で好みの情景に浸り続けることだ。さらに思い切った手段として開頭手術をして脳そのものにインターフェースを直結する方法も存在するが、いずれにせよ当人が物理世界に対して有益な活動をすることがなくなるので、スピノールを始めとする社会組織からは目の敵《かたき》にされている。もっとも仮に禁止されていなくても、僕はもともとそういうのに生理的嫌悪感がある。

ではといって、人類の未来を拓くような輝かしい仕事が僕にできるだろうか？　スピノール・エウロパの連中がやっている資源ブラックホール探査プロジェクトや、スピノール・ムーンと地球二十八ヵ国合同の人類不死化計画に、僕が貢献できようか？

それは無理だ。僕の両親はスピノールにいたが、僕は第四教育課程で脱落した非エリートでしかない。学位は一つも持っていないし、逆に無気EVAができるようなサイボーグ化も施していない。性格的にもキリッとしたところはあまりない。

だから僕は低加速船乗りになった。

この仕事は基本的にのんびりしている。報酬にさえうるさいことを言わなければ、任務や目的地は好きなように選べる。仕事の大半は一人で時間を潰すことだけ。わずらわしい人間関係はないし、あっても逃げてしまうことができる。船の代金の返済だって負担になるほどじゃない。いや、収入に占める割合でいうとけっこう大きいのだが、他に金の使い途《みち》がないから問題にならない。そこそこの努力で、そこそこの生活ができるのだ。けっこうな暮らしだ！

……とはいえ、病気やケガには要注意だ。航行中に病気にかかっても救急船を呼ぶわけにはいかない。市販の医療用ＡＩをミヨにプラグインすることも理屈では可能だが、その種のＡＩは質を保つために価格を落とさないよう医師法で定められている。それは僕の手が届く額ではない、というか個人で買うようなものじゃない。また、年をとるのも不安だ。組織に属さず年齢を重ねていくと、いざというとき誰にも助けてもらえない……。

事件に乏しい長期宇宙航行では、こういうことを考えて気が滅入ることが少なからずある。まったく、これだけ文明の進んだ世の中でも、一人一人の不満はなくならないものだ。いや、文明が進んだからこそこんな閉塞感を感じさせられるんだろう。もっとこう、夢のある時代に生まれたかった。太陽系がまだ人間で埋まっていないころに……。

ミヨのようなＡＩは夢など見ない。うらやましいことだ。――と思っていたら、ある日こんなことを言い出した。

「サー、もっと経済的な軌道を見つけました」

「なんだって？　これはただの３ホーマンじゃないか」

「非常に単純なインパルス噴射で目標とランデブーできます」

「当たり前だ、数学的な最適軌道なんだから。でもその代わり到着まで二ヵ月もかかるだろう？　そこまで節約しなくていい、素直に連続加速していろ」

ハウスキーパーだから、ランデブーの基礎中の基礎であるホーマン軌道をよく知らなかったのも仕方ないが、それをわざわざ自分で創案するというのはどうなんだろう。ＡＩも暇を感じたり、暇つぶしに精を出したりするのか。惑星間航行では人間もメカもけっこう放射線にさらされるから、ビット反転でも起こしてどこかおかしくなったのだろうか。

多分そうだろう。どうということはない小さな不具合だ。ミヨに退屈を感じるほど高級な知性はない。もし退屈に見えるのなら僕の気のせいだ。僕が――待てよ、何を気にしているっていうんだ。

そんな、考えても仕方のないようなことを思っているうちに、どうやら目標に着いてしまった。

長くても二ヵ月以内で目的地に着く、この内惑星系の適度な距離感も、僕の好きな感覚なのだった。


「ゲートポジションに到着、ウイングを縮小します」

「どれ……」

僕は内職を切り上げて、メインデスクに入った。さすがにここからは操船に参加しなければいけない。

ディスプレイには前方の光景が実寸で映し出されていた。白銀色に輝く、くの字型の岩塊。太陽光が真横から差しているので、ざらざらした表面に複雑な影が落ちている。手を伸ばして五本の指を立てると、小指の先でちょうど隠れるほどで、人差し指では完全に覆い尽くしてしまう。

僕の仕事では、こういう星に来ることは少ない。

「小さいな。いまの距離は二十キロ？」

「レーザー計測でそれぐらいです、サー」

「大きさは五百メートルだっけ」

「長軸で五百四十二メートルあります」

「重力圏はないも同然だな。四分の一まで距離を詰めてそこをホームポジションにしよう。できるか？　周回軌道に入るんじゃないぞ」

「イエス・サー」

「じゃあ、モードの切り替えが済んだら実行しろ。僕はあいつの様子を見る」

ミヨがＳＳＴのソーラーウイングを閉じ、惑星間航行モードから滅多に使わない対天体静止モードへと態勢を切り替えていく横で、僕はミッションプロパティを開いて地形と地図を照合した。目当ての通信施設は天体の端のほうにある露岩に設置されているはずだ。

その施設の目的は三つあって、付近を航行する宇宙船の通信を中継増幅することと、ビーコン電波を出して測位の基準となることと——もうひとつは、小惑星自体の位置を地球へ知らせることだ。この天体は地球の近くを通るために軌道が不安定で、五十年前から国際天文学連合によって要監視物体に指定されている。

「サー、二十二番ウイングの挙動が異常です。翼端の質量が増加しています」

「もうちょっと理にかなった言い方をするんだな。質量が勝手に増えることはない。そんな風に見える振動が起こっているだけだ」

「その二つは違うのですか」

「二十二番はこのあいだ直したところだろう。キッめにしといた張線が伸びたとか、摺動《しゅうどう》部《ぶ》が削れたとかでそう見えているんじゃないかな。ほっといていい」

　小さな船殻に比べてやたらと大きく華奢《きゃしゃ》なソーラーウイングは、剛構造ではない。たわんだりねじれたり振動したりすることが設計のうちに入っている。修理を施してもすぐに完調に戻るわけではなく、動いているうちに徐々に正常な状態に収まっていく。そう説明してやると、ミヨは納得して操船に戻った。

　船は時速数キロでゆっくりと降下し、次の食事の時には小惑星を見下ろす滞空地点に到着していた。それまでに僕は通信施設を発見し、降下手順を決定した。この小惑星は重力が極端に弱いので、SSTが接地してもしっかり引き止めてもらえない。小惑星自身の自転によって振り飛ばされてしまうかもしれない。だから船を上空に浮かべたまま、EVAで降りていくことにした。戻るときは命綱を巻き取って上昇する。

　だが、ここへ来てそれどころではないことに気づいてしまった。

「ミヨ」

「サー？」

「あれは宇宙船じゃないか」

　小惑星２５１４３は、こういう小さなサイズの小惑星にしては比較的遅い、十二時間もの自転周期をもっていて、そのせいで気づくのが遅れた。いま向こうからこちらへ回転してくる「く」の字の屈曲部のあたりに、金属光沢をもつ小さな点が現れたのだ。

「イエス・サー。たぶん宇宙船です」

「あっさり言うな」

「データベースとの照合は簡単ですから」

「そういう意味じゃない」

皮肉は通じず、ミヨはすらすらと宇宙船の種類を分析してのけた。全長二十数メートルの小型船であり、特殊なモジュールが付属している様子はなく、付近に母船は存在しない。ということは一人乗りの核動力の高性能惑星間船だ。少なくとも僕のSSTよりはずっと先進的な船だ。

僕の胸の中で不安が膨れ上がる。

「あいつ、こんなところで何をしているんだ」

「わかりません」

「おまえに聞いてるんじゃない。こんなところで誰かと鉢合わせするのはすごく不自然だって言っているんだ。おい、ちょっとフォボスに問い合わせてみろ」

ミヨに命じてから、単独航行者がこの小惑星へ来る理由を考えた。

友人を訪ねて？　それはない、ここは無人だ。

移住しに？　それもない、この小惑星は軌道が少々カオスなため、将来排除される天体だ。

　学術調査？　資源探査？　どれもありそうにない。この小惑星は科学的に珍しいものではないし、採掘するなら炭素や酸素に富んだC型小惑星や、金属質のM型小惑星を狙ったほうが価値がある。S型小惑星とは、文字通り、ただのケイ酸塩性の岩の塊なのだ。

　そしてこの小惑星は、現在太陽系でもっともにぎやかな地域からは外れている。気まぐれな人間がふらりと散歩に寄るようなことはありえない。

　火星のフォボスに電波を届かせるために数十秒を使ってから、ミヨが言った。

「フォボスの港湾当局ではあの船の情報を把握していません」

「つまり足跡を消して出て行った？」

　ますます怪しいじゃないか。

　後回しにしてきたが、仕方がない。僕は相手に呼びかけることにした。

「あー、あー……えー、小惑星２５１４３上の宇宙船の方、こんにちは。僕は、失礼、こちらは十軒原という者です。聞こえますか」

　宇宙で見知らぬ他人に出会うことは少ない。宇宙船はＩＤを表すビーコンを常灯するよう法令で定められているから、通常は問いかける必要などない。だから、こんな風に相手の素性を問うのは初めてだった。声がのどに詰まる。

　まともな通信機とまともなＡＩがあれば必ず返事をしてくるはずだ。それがない船は、そもそも惑星間航行などできない。

けれども、十分間待っても返事はなかった。

最後にミヨが馬鹿馬鹿しさもきわまる台詞を吐いた。

「サー、不時着した難破船なのではないでしょうか。通信機が故障しているのでは……」

「やめてくれ、その解釈はこの船がここへ来た理由を説明していないし、理由なしの偶然で宇宙船が天体にランデブーすることはありえない」

「ノー・サー。自然天体のランデブーは発生します」

「百万年のオーダーでだろう！　宇宙船が不時着なんてことをするには、太陽系は広すぎるんだよ」

僕は断定した。

「あいつは故意に呼びかけを無視している」

「なんのためですか」

「わからない。しかしまともなやつが人の挨拶を無視するか？」

「サー、それは非常な極論です」

「用心するに越したことはないだろう？　だいたい――」

「ソーリー・サー」

突然、僕は壁面にぐっと押しつけられた。そこらを漂っていたものが四方の壁に落ちる。

僕は何もしていないから、ミヨの仕業だ。驚いて尋ねた。

「何をやった？」

「姿勢制御噴射を行って長軸周りの自転を開始しました」

「理由は？」

「外部バンパーの一部が熱の入力を受けて急に高温になったものですから」

「じゃあこれはバーベキューロールか。熱の入力ってなんだ」

「小惑星上の宇宙船からレーザー光の照射を受けています」

僕は絶句した。それからおずおずと聞いた。

「それはつまり、攻撃されているということか」

「するとこれは、戦闘と呼ばれる状態が始まったのでしょうか」

「なのでしょうかって」

「エクスキューズミー・サー。戦闘の解決法がわかりません」

僕は頭を抱えた。

現代の太陽系ではスピノール司法圏が大きな力を持っており、その影響下では個人対個人の争いが認められていない。だから、スピノールで認可されているＡＩも、争いに関する積極的なノウハウを持たされていない。早い話が、ミヨは戦闘能力ゼロなのだ。

「……待てよ」

僕はふと気づいた。これは僕に限ったことではないじゃないか。相手のＡＩだって戦い方を知らないはずだ。このレーザー攻撃の効果判定ができているかどうかすら怪しい。

いやもちろん、相手が手製のＡＩを使っていたり、全手動で船を動かしているという可能性もある。戦闘用ＡＩを個人で手に入れる方法も、ないわけではないと聞く。

だが、そうと判明したらまた別の対処を考えればいい。

僕は解決策を思いついた。でもそれを口をするのは、さすがに緊張した。

「ミヨ、僕が増設したメタン推進系があるな」

「イエス」

「制御を保ったまま、増設系の五番をディスコネクト。今すぐ」

「イエス、実行しました」

「そのモジュールを、相手の宇宙船の五メートル横にランデブーさせる軌道を計算」

「イエス、計算しました」

「計算結果に沿ってモジュールを加速」

「ノー・サー」

「なんだって？」

どきりとした。僕が命じたのは、敵に向かって爆弾を投げろという意味のことだ。質量八十キロもの液酸メタンタンクを敵船の真横で爆発させれば、下手な手榴弾などよりよほど強い威力を発揮するだろう。

ミヨはそれに気づいて、止める気だろうか？

だがミヨが指摘したのは、例によって的外れなことだった。

「この手順を実行するとモジュールが破壊されます。回収は不可能です」

「それはかまわない。いいからやってくれ」

「イエス・サー。開始しました」

僕はかたずを呑んでディスプレイを見守った。船が回転しているので、小惑星の画像も数秒に一回、画面の上から下へ流れていく。

やがて、小惑星のほぼ真ん中あたりに小さな爆発が見えた。

ワンテンポ遅れて、船の自転が止まった。僕は再び船内に浮き上がる。

ミヨが淡々と報告する。

「熱の入力がなくなりました。レーザー照射が終わったようなので、自転を中止します」

「ミヨ、何か感慨は？」

今、ひょっとしたら人を殺したか、傷つけたかもしれないのだ。僕としては命中を喜ぶ気にはなれなかった。むしろ、何かの間違いで罪もない人を攻撃してしまったんじゃないかという恐れが、今さら湧いてきていた。

ミヨの返事は例によって例の如きものだった。

「次の港湾入港時に、自律操船ができなくなりました」

「おまえな……」

仕方ない。ロボットに多くを求めるのが間違いなのだ。僕はため息をつき、短く言った。

「EVAだ。あそこへ降りるぞ」

ふと手のひらを見ると汗でべたべたに濡れていた。


僕とミヨは地表から約二キロの距離で船を出た。小惑星に慣れている僕でも、今回はいつにも増して妙な気分だった。接近してくる天体はちょっと大きめのビルか倉庫ほどの差し渡ししかなく、その表面はやけに愛想のないザクザクゴロゴロした岩で覆われている。どうも殺伐としたものを感じると思ったら、これは地球の採石場や崖崩れの現場写真に似ているのだった。もっと大きな小惑星では、微粒子《レゴリス》が地形をすっかり覆って柔らかい輪郭を形成している。僕はそちらのほうが好みだ。

接近が進んで地表が視界からはみ出すと、「進む」ではなく「降りる」に感覚が変化して、前方が下方だと思えるようになる。地球になど行ったことのない自分が、地球産の生物だと実感してしまう一瞬だ。

徐々に拡大していく地形の中で、僕は降下地点を見定めた。重力中心に近いためにほこりが溜まっている中央盆地の周辺部分だ。爆発のせいでクレーターができている。件《くだん》の宇宙船は爆風でかなり移動して、盆地の反対側の岩にぶつかっていた。

「人間がいます」

ミヨの指差す先に僕は目を凝らした。確かにいる。白い宇宙服姿が宇宙船へ向かって盆地を渡っている。ただしその動きはかなり奇妙だ。四つんばいになって梯子を上るような動作を繰り返しているのだ。

小惑星上でこういう動きをするのは、一応、理にかなっている。少しでも地表を蹴ると脱出速度に達して宇宙へ飛び出してしまうからだ。地面にしがみつくようにして前進するのは間違いじゃない。——ただし、僕ならガスガンを使ってもっとスマートに宙を飛んでいく。それをしないということは、彼は噴射道具をなくしたのだろう。

どうやら立場はこちらのほうがずっと有利なようだ。僕は軽い噴射で二十メートルほど上空に静止して、呼んでみた。

「あーあー、聞こえるかな。ちょっと上を向いてほしいんだけど……いや、そっちじゃない、北極方向じゃない。頭の上です。こっちが見えますか」

初対面の相手に対して強い口調を使えない性格が、これほど情けないと思ったこともない。僕はありったけの度胸を振り絞って、大声を出してみた。

「こらっ、こっちを向け！」

きょろきょろと周囲を見回したその人物がこちらに目を留めた。それで、彼の通信機も

ＡＩも無事だとわかった。

　すると通信機から毒舌が流れてきた。

「くそっ……よくもやってくれたな」

　口調は荒いが、やけに甲高いキンキンした感じの声だ。どうもからきし迫力がない。酒場よりもチャットでよく聞く類《たぐい》の声——と言ったらわかってもらえるだろうか。

　いや、僕は実際に酒場で誰かとけんかしたことはないけれど……。

　とにかく、恐ろしい感じがしなかったので、僕はまた少し強気になった。思い切って映画の主人公あたりが口にしそうな台詞を言ってみる。

「よくもだと？　それはこっちの台詞だ。しかし口論の前に聞いておく。命に別状はないだろうな」

　三秒ほどたって、苦い声で、ちょっと尻を打っただけだという返事がきた。これはいい。骨でも折れていたら、心配になって脅すどころではなくなってしまうところだった。

「よし、それなら安心してケンカができる。さっきの続きだが、先にレーザーを撃ってきたのはあんただ」

「ふん、俺は先着者の権利を守っただけだ」

「先着者？　そういえばあんたはここへ何をしに来たんだ」

「何をだって？　決まっているだろう。あんたと同じだ」

「僕がここへ来たのは通信施設の修理のためだ。あんたもそうなのか」

「とぼけるなよ、誰がそんなもののために」

「スピノール・マーズの依頼だ。あんたは違うのか？」

相手はしばらく沈黙する。なんだか妙な雲行きになってきた。

じきに相手は疑うように言った。

「ターゲットマーカを取りに来たんじゃないのか」

「ターゲットマーカー？　なんのことだ」

それを聞くと相手は、いきなり笑い出した。笑いながらわけのわからないことを言った。

「ははは、そうか、俺の勘違いだったか。違うんだ、マーカーじゃない。マーカなんだよ。当時のあの国の技術者は、語尾のｅｒを表記しなかった」

「一体なにを……笑うのをやめろよ」

「いや実際はマーカもマーカーも一緒なんだがな、俺たちは当時の発音に忠実に呼ぶ。それを知らんということは、ふふ、あんたは違うんだな」

「いい加減にしないとあんたの宇宙船を持ってっちまうぞ」

僕がＳＳＴにつながっている命綱を輪にして見せつけると、相手はぴたりと笑うのをやめた。

「すまん、それは勘弁してくれ」

「じゃあちゃんと謝罪しろ」

「申し訳なかった」

「説明も」

『『ハヤブサ』を知っているか？』

相手がどこの国のどういう民族だったにしろ、その単語は日本語だった。ＡＩが翻訳する言葉の中に突然現れた、彼の生《き》のままの声に、僕は戸惑った。

彼のにやにや笑いが見えるような気がした。


「来年で、ハヤブサが軟着陸してから百五十周年になる。俺はその遺物を回収しに来たんだ」

ジョーンズと名乗ったその男は、僕たちが手伝って宇宙船の日陰まで連れて行ってやると、そう語り始めた。

「ハヤブサは最初期の惑星探査機の一つだ。エンジンと呼ぶのもおこがましいキセノンイオン電気加速器と、ＡＩと呼ぶのも恥ずかしい低速計算機を搭載し、二年もかけて地球からここまでたどりついた。そいつが地表へ降下する際に目視基準点として投下したのが――

――」

「ターゲットマーカーか」

「ターゲットマーカだ」

「どっちでもいいが、それになんの価値があるんだ。一世紀半も前のハードウェアにデータが残っているのか」

「笑うと思うが、マーカに電子的な記録媒体はない。ただのアルミのボールだ。しかし当時の人間の名簿が、何十万人分もぎっしりと物理刻印してある。これが感傷的なコレクターに目の玉の飛び出るような値で売れるんだ」

「なんの名簿だ？　その計画の犠牲者か？」

「犠牲者！」

ジョーンズは身を折って噴き出し、宙に浮いてしまったそいつを僕たちが船体に戻してやらなければならなかった。

「犠牲者は出ていない。強いて言うならハヤブサ自体が犠牲者だな。残念ながらこいつはマシントラブルで行方不明になった。いや、名簿はただの寄せ書きだよ」

「どうもよくわからないな。ここは別に特殊な小惑星じゃないのに。……あれか、ここを聖地とあがめる教団があったとか？」

「宗教か！　そりゃいい、あんたは実に奇抜だな」

またひとしきり笑った後、ジョーンズは僕に訊いた。

「あんた、ここへは自腹で来たのか」

「さっきも言ったが、スピノールのミッションだ。あご足代は出てる」

「そうか、俺は自腹だ。しかしハヤブサは人口一億三千万人の国家の国がかりだった」

「……」

「遠かったんだよ」

ジョーンズは足元を軽く蹴ってほこりを散らした。

「あんたはここを、何の価値もない、乾燥したただの岩の塊だと思っているだろう。その点は俺も同じ思いだ。しかし当時の人間にとって、ここははるか遠くにある未踏の地だったんだよ。ここへ来ること自体が、恐ろしいほどの知恵と金と努力を要する、冒険だった。彼らの機械は、ここにほんの数十分だけ触れた。それが――」

はたと足を止めてから、ジョーンズはゆっくりと靴を持ち上げた。地面にはスパイクのあとがくっきりと残っていた。

「『ミッション成功』だった。想像できるか？　天体に触れただけで、大のおとなたちが躍り上がって喜んだんだぞ。つまりエベレストであり、極点であったんだ。俺たちにとっては瀬戸内海の小島みたいな場所である、ここがね」

「じゃあ、そのターゲットマーカは、ヒラリー卿の英国旗に当たるというわけか」

「その通り」

ジョーンズは昔のアメリカ人のように肩をすくめた。――が、僕はあることに気づいていたので、指摘してやった。

「君、ひょっとしたら日本人じゃないか？」

「だったらなんだ、この野郎！」

「それなのにジョーンズはないだろう」

男はふてくされたように黙った。どうやら図星だったらしい。

僕はなんとなくこの男のことを憎めなくなっていたが、それでもあえて言葉を強くして言った。

「それで。マーカは結局見つかったのか」

「それはあんた……一週間かけてレゴリスをほっくり返して、やっと金属探知機にそれらしい反応が出たと思った途端、ばかやろうめ、あんたが来て埋め戻しちまったんじゃねえか」

「なるほど。じゃあ僕は貴重な遺物が持ち去られるのを未然に防いだってわけだ」

「ちっ」

僕は思わずくすくす笑った。しかしそれが悪かった。

目をそらしたわずかな隙に、ジョーンズが背中に手を回し、予備エアのホースを突きつけた。

「そらよ！」

白濁した気体が噴きつけ、僕は回転しながら吹き飛ばされてしまった。小惑星の低い脱出速度にあっさり到達したらしく、どんどん上空へ昇っていく。

ジョーンズの捨て台詞が聞こえた。

「マーカはあんたにやるよ。それで狙い撃ちしたことはチャラにしてくれ」

「くそっ、待て……！」

「カール、手足をできるだけ伸ばして、自転速度を落としてください。いま行きます！」

ミヨが拾いに来てくれるまで僕は動けなかった。その隙にジョーンズは船に飛び込み、すばやく自転して船体に降りかかっていたレゴリスを吹き飛ばしてから、メインエンジンに点火した。

僕がようやく静止したときには、ジョーンズの宇宙船は小さな光の点になっていた。

当初の予定通り通信施設を修理している間に、フォボスやセレスの当局が何か手がかりをつかんでくれることを願ったが、無駄だった。ジョーンズの船は離陸後に核エンジンで短時間の大加速を行った後、航跡を絶っていた。その方向には、小惑星帯《メインベルト》の数百の小惑星がある。彼は低温の化学噴射で軌道を変えるだけで、そのどれにでも到達できる。追跡監視は不可能だ。

逃げた方向からすると、彼も太陽系の主役たちの一人なのかもしれない。いや、きっとそうに違いない。あの、ふてぶてしいようでいながら、奇妙に子供じみた行動を見た僕は、確信していた。

彼も、社会生活を捨てて小惑星帯で一人暮らしをしている、ベルターの一人なのだろう。二一五四年現在、有人小惑星の数は一万三千五百個に達している。太陽系を満たしているのは彼らの熱気だ。

皮肉なものだ。こういった人々が増えたのは、ハウスエッグA型のためなのだから。そう、月面会議の発展の原動力となった、あの優秀な自己複製型工業プラントのことだ。あのアイテムは、人類の一部を飛躍的に活性化させる触媒になったが、それと同時に、別の一部の人々を、転落的にダメにさせるきっかけともなった。

ハウスエッグは、日光と土壌と水さえあれば人間を生かしておくことができる。月面や火星で使われるために作られ、現にそう使われたが、あらゆる道具と同じように、本来の目的から外れた用途にも転用されてしまった。厭世的な一部の人々が、こんなことを考え出したのだ。

ハウスエッグさえあればどんな場所でも可住化できる。

ということは、太陽系のどんな場所にでも、引きこもってしまえるじゃないか。

これは極端な考えだ。実際のところ、「住める」と「住む」はイコールじゃない。多くの人間は、自分の住める場所が無限にあることにも気づかず、今いる場所に留まり続けている。そしてその選択はたいてい正しい。

だがその逆に、やむをえない理由でとんでもないところに住んでしまった人々によって、意外な新天地が示されることもあるのだ。マチュピチュやマサダの砦の遺跡を見ればいい。あんなところに人が住んでいたなんて信じられない僻遠の地だが、それでも実際そこには大勢の、数千人の人が住んでいた。

宇宙におけるマサダは、太陽系第三位の大きさを持つ小惑星ベスタだった。西暦二一〇〇年ごろ、スピノール内部から出た大量の追放者が、そこに移り住んだ。彼らは何も、好きでそんな辺鄙なところに移住したわけではなかったが、結果として、そういうところにも人が住める、それも結構快適に住めるということを、示してしまった。

条件は整った。流れが出来上がった。古い地球に嫌気が差した人間が月へやってくる。優秀な人間はスピノールで頭角を現す。そうでない者はベスタへと流れていく。そこでもだめならばモジュールを手に入れて、自分だけの小惑星へ。井戸からくみ上げられた清水が、一部は作物を育てる糧になりながらも、大部分は枝分かれして土へしみこんでいくように……。僕のような人間が現れたのは、この流れの末だ。

宇宙という、人類にとっての最前線にいながら、そんなことはお構いなしに、地球での生活の残滓を妙な形で引きずってきて、ただ小さな小惑星にぽつりと居を構え、創造的といっていいかどうか微妙な、ニッチ的な産業に寄与して、細々と生きているだけの人間。

そんな人々が、もう数十万人のオーダーに達しているのだ。

それがいいとか悪いとか、言いたいわけじゃない。何につけ、僕はそんなにきっぱり意見を言える人間じゃない。周囲の誰からも文句の出ない、究極の一人暮らし。ちょっといいなと思ったときもある。

ただ——僕の中の別の部分は、それもちょっとなあ、とずっと言い続けているのだ。最近の小惑星帯は、海面よりも低いために年々塩分を増していく、塩湖のようだ。塩湖に溜まってのんべんだらりと暮らすのは、何か、こう……。

情けないじゃないか、なんて偉そうなことを言えた義理ではないけれど。

それでも僕は、きっかけを待っていたのだ。自分から動く気になれる、ささやかな出来事を。

そんなときに、起こったのだ。この、ジョーンズとの事件が。

「……うん、そうだよな」

僕が待っていたのはこれだ、と思った。

ミッションを終えて小惑星２５１４３を離れる途中、例の二十二番ウイングがどうしても気になる、とミヨが言い出した。翼端の質量が増えているなどと言っていたやつだ。試しに見に行かせたら、妙なものを持ち帰ってきた。

「サー、やはり翼端にこのようなものが引っかかっていました」

「なんだ、これ……」

　マグカップのような大きさと形の人工物だ。天面と底面にはちょこちょこと触角のような突起物が生えている。恐ろしく長いあいだ太陽風を浴びていたらしく、表面がどす黒い粉をふいたように風化している。粉を指で拭くと、どの面にも方形のパネルがびっしりと貼り付けられていた。

「うちの船にこんな部品があったかな」

「存じませんが、サー、引っかけた位置から考えて、ひょっとするとあの小惑星を周回していた物体なのではないでしょうか」

　ミヨの言葉で僕はピンときた。

　デスクについて調べてみると、当たりだった。ジョーンズが言っていた例の探査機には、本体から分離したあとで行方不明になった、娘モジュールが存在したことがわかった。多分それだろう。小惑星の妙な形をした重力場に弄《もてあそ》ばれて、うまいこと周回軌道に入ったのだ。

「へえ、百五十年前の探査モジュールか……」

　僕がちょっとした好奇心でそいつをひねくり回していると、ミヨがどきりとするようなことを言った。

「サー、これには高い価値があります。ネットワークに照会したところ、貴重な歴史的遺物として複数のコレクターから打診がありました」

「なんだって、売れってことか？」

「イエス・サー」

「いや、ちょっと待てよ。それって盗品故売だろう」

「ノー・サー。事故です。故意に盗んだわけではないので、判例によれば罪に問われることはありません」

「いつのどこの判例だ！　だめだ、昔の人がどんなつもりでこいつを送り込んだと思う？　元のところへ戻すからな！」

「２５１４３に再アプローチなさるのですか？　しかしそれは四ヵ月ほどかかります」

「そ、そうだったか……」

ＳＳＴの加速度は低い。いったん離れた天体に戻るのは、新しい目的地へ向かうよりははるかに時間がかかる。仕方なく、僕は妥協案を出した。

「では、今後あそこに戻る機会があったら戻す。それが彼らへの礼儀ってものだろう……」

「サー、ジッケンバラ」

ミヨがうなずいて、顔を傾ける。前髪を模した短冊形の薄板がサラサラと鳴る。

不意にロボットは、奇妙なことを口にした。

「昔の人は、どんな思いだったんでしょう？」

僕はしばらくミヨを見つめた。昔の人の思い？　それに興味があるのか。ＡＩのこいつが。

つられて僕は想像した。莫大な費用（何兆火星ユーロ《マジューロ》？）と、遠大な時間（何十年もか？）を費やして送り込んだ、記念碑的な物体を、餅など食いながらだらだらやってきたやる気のない男が、服の裾に引っ掛けるようにして持っていってしまう……。

ダメだろう、それは。なんというか、申し訳なさで胸が塞がる。

僕は首を振ってみせた。

「……さあな、僕には想像もつかない」

「では正答はないのですね」

なんだ、例によって額面どおりの質問か。どうもこいつは思わせぶりな言動が多い。

「外にしまっておくぞ」

ミヨに見せ付けるようにして、船の外部にある暴露収納ケースへの小型ハッチを開け、物体を押しこんだ。言い知れぬ時の経過を感じさせるざらついた手触りが、僕の想像をかき立てる。

百五十年前……こんな小さなものを造るために、膨大な数の人々が力を合わせた。いや、力を合わせなければならなかった、か。

それほどまでに彼らが望んだ場所で、僕は耳がかゆいから耳掻きしようなどと思っている。慣性まかせで適当な航行をして、一億キロの距離を内職しながら渡って、人と話し合えるAIにお守りをさせている。

そう考えたとき、頰の火照《ほて》りを感じた。

ミヨが思わせぶりな態度を取っていただって？　そんなはずがない、AIは微妙な含みのある言葉を口にしたりしない。

僕自身の心に負い目があるから、責められたような気になってしまったのだ。

ハッチを閉じてメインデスクに戻ると、ミヨが顔を向けた。

「サー、軌道設計は済んでいます」

「うん。――いや、ちょっと変更。木星まで届くかな」

「エウロパへ向かうのですか」

「そうだ」

僕は、ちょっとした決心をした。スピノール・エウロパの養成所がいくら厳しいといっても、一度覗いたら帰ってこられないような虎の穴ではないだろう。

片足を突っ込む程度のことは、してもいいような気がしてきたのだ。つまり、うまく言うのが難しいが――僕は、僕自身のことを、もうちょっとタフなことにも耐えられる人間だと思いたくなったのだ。

軌道の再計算をさせると、なんとか木星まで届くとわかった。ミヨが心配そうに言った。

「食料・推進剤ともにぎりぎりです。重要な用件がなければおすすめしません」

「重要な用件なんだ」

「それはなんですか？」

したり顔で説明することもできた。だが、なんでもかんでも説明して聞かせればいいというものじゃない、という気もした。

黙ったままミヨの肩を叩いてデスクを離れるのは、思いのほか気持ちよかった。

千歳《ちとせ》の坂も

1

目当ての家の前に、食品ケータリング会社の軽バンが止まると同時に、私は軽くネクタイを直して、塀の陰から玄関に踏み込んだ。戸口でアルミ箱を受け取っていた老女が、はっと顔を上げた。

今まで居留守を使われてばかりだった。やっとつかまえたという気持ちを顔に表さないように努めながら、私は帽子を取った。

「お邪魔しますね」

「どなた？」

「役所のものです。ちょっとお時間いただけますか、安瀬《あぜ》眉子《まゆこ》さん」

「いま忙しいの」

「すみませんね、私も手ぶらじゃ帰れないんです。老化税、健康責任税、死亡処理手続き積立金が未納になっていますが、督促状は読んでいただけましたか？」

私は身分証明のカードを、胸元に控えめに掲げた。この手の台詞《せりふ》は、我ながら棒読みになる。かたわらの中年の女性配達人が、面食らったように眉子を見る。私がちらりと目を向けると、あわてて顔を背《そむ》けた。

安瀬眉子が関心のないような口調で言い返す。

「さあ、知りません」

「厚勤省のマークがついている葉書です。鳩とハートの」

「見なかったわ。ダイレクトメールに挟まっていたのかもね」

「書留だったんですがね」

老女は黙った。私はその場の二人を見て、半歩下がった。

「お先にどうぞ。――それが済んだら、長くなるので上がらせていただけませんか」

「ずうずうしい！」

老女が吐き捨てるように言って伝票にサインした。私は家の前の花壇を見ていた。土は黒く、葉はみずみずしくて、よく丹精されているようだった。

配達人が逃げるように立ち去ると、老女は何も言わずに引っ込んだ。閉まりかかる扉を手で支えて、私は言った。

「お邪魔してよろしいでしょうか」

「意地でも入るんじゃないの？」

「家の方の同意がなければ入れませんよ」

「じゃあ入らないで」

「それなら、前で待たせていただきます」

「……もう、好きにして」

靴脱ぎには同じサイズの靴が三足だけ。居間のカレンダーの書き文字は一人分。テーブルの隅には薬局の小さな薬袋。ほのかに、不快でない香の匂いがある。奥の座敷にはきちんとたたまれた布団と、男性の遺影が見えた。

安瀬眉子は座布団を二つ置いて目顔で促した。私が座ると向かいに腰を下ろした。歳相応に痩せているが、動作はスムーズだ。スカートを穿《は》き、伸ばした髪を後ろで縛り、どうやら化粧もしているらしい。が、すべて身だしなみの範囲内。

私を見つめると、狛犬《こまいぬ》か招き猫のように、小さくかっちりとまとまった姿になった。

八十九歳。貿易会社に勤めていた夫と六年前に死別して以来、一人暮らし。軽い不整脈があるほかは病歴なし。事故や犯罪を起こしたこともない。持ち家は３ＬＤＫ。

調査票通りだ。およそ非難されるところなどない、善良な市民。

彼女が現代の市民の当然の義務を拒否しているのでなければ、だが――。

それは――不老不死。

「厚生勤労省健康維持局、健康普及員の羽島《はじま》です。ご健勝を」

私はテーブルに名刺を置いた。

「いいお住まいですね」

「ええ」

「立地もいい」

窓の外に雑木林が見える。隣が神社、裏が畑で、バス停は玄関から見える位置だ。

「ええ」

「失礼ですが、お子さまは」

「大阪の息子一家がよく遊びに来るわ。娘はシドニーに」

「留学なさってるんですか？」

「そんな歳じゃないわ。もう四十六よ。結婚して、住んでいるのよ」

「はあ。あちらは、そのお嬢さまが？」

私は書棚を指差した。文庫本の手前に大小のフクロウが並んでいる。木彫りや縫いぐるみ、ガラス細工など材質はさまざまだ。いくつかはフェルトの手作りだった。

眉子は書棚を見上げ、面白そうに目を戻した。頬が丸く、笑みの形にふくらみ、灰色の瞳が明るかった。

「私が作るのよ。ボケ防止に」

「良いご趣味です」

「おだてられてもね」

「お幸せのように見えます」

私は咳払いし、お茶が出ていないので、唾を飲んで切り出した。

「延命なされば良いじゃありませんか。お子さまや、お孫さんとご一緒に、長生きなされぱいいでしょう。ここはいいところです。ここでずっと幸せに暮らそうとは思われないんですか」

「そんなこと……」

「法定延命措置についてご説明しましょう」

眉子の視線はテーブルに落ちている。私は鞄から大きな字の書類を取り出し、彼女の前に置いた。

「法定延命措置は国の認定病院が行う、十分に安全な体質改善術です。昨年は八十五万人もの方がこのプログラムに参加され、法定健康に到達されました。ほぼすべての方が、病死や老衰死と無縁になり、活動的で明るい生活を営まれています。アンケートでは七十四パーセントの方が現状に満足しているとお答えになりました」

「残りの二十六パーセントは？」

「やや満足している方々と、どちらでもない方々ですね」

「措置を受けなかった人にはアンケートを取ったの？」

私は答えなかった。眉子は笑ったように見えたが、先ほどのような目の明るさはなかった。

「安瀬さまは全額免除でこの措置をお受けになることができます。ぜひこの機会にというつもりで、今日はおうかがいしたのですが」

「結構です」

眉子の答えはそっけなかった。私は親しげに笑ってみせた。

「あやしまれるのはごもっともです。今日び、ただと言って本当にただのものなどありませんしね。でも、これは本当にそうなんです。お疑いならご近所にでも、ご家族にでも、どなたにでもお聞きいただければ……」

「とっくに息子に聞いたわよ」

「なんとおっしゃいましたか」

「ぜひやれ、ですって。当たり前よね、息子はもう引き延ばしを受けているんだもの。人工透析より簡単だから、やらなきゃ損だって言われたわ」

「そうでしょう。それで……？」

追及から逃れるように眉子は顔を背け、カーペットに指を当てた。

「それでって、ねえ」

「ねえじゃございません。安瀬さま、これは仕事を離れて申し上げるんですけども、私個人としても、あなたさまには延命措置を受けていただきたいと思いますよ。こう言うとなんですが、世の中には、仕事とはいえ延命などしていただきたくないような、素行の良くない方や、素性の知れない方がいらっしゃいます。そこへ行くと安瀬さまは慎《つつ》ましく謙虚に暮らしていらっしゃって……」

「やめて」

急に彼女の視線が険しくなったので、私は口をつぐんだ。

眉子は一度ため息をつくと、ねえ、と声をかけた。

「あなた、羽島さんだったかしら、お歳はいくつなの」

「六十になります。六年前に引き延ばしました」

「奥さまは？」

「はあ、ずっと独身なもので」

「そうなの」

眉子は、すっと立ち上がり、ベージュのスカートを翻《ひるがえ》して奥の座敷へ入った。床の間の遺影のそばで振り返る。

「私はね、この人のところへ行きたいんです」

片方は白黒で、片方は息をしているのに、そこに二人がともに立っているような錯覚を、私は覚えた。

「不幸があって先に死んでしまったけれど、もし生きていたら、何を考えてどんなことを言うか、今でもはっきり想像できるわ。多分、しっかり生きて、すっぱり来なさいって言うでしょう。だから私は延命なんかしたくないの」

「亡くなった方は、どこにもいませんよ」

彼女の表情が目に見えて冷たくなった。

「やっぱり入れるんじゃなかったわ。帰ってちょうだい、お金は明後日払うから」


しかし、律儀に二日間待ってから再訪した私が見たのは、安瀬邸の門扉に針金で留められた貸し家の看板だった。

家の電話は通じなかったので、看板に書かれていた番号にかけた。

「貸家のことでお話ししたいのですが」

「ありがとうございます、失礼ですが、会社にお勤めの方ですか？」

「いや、厚勤省の者です。安瀬眉子さんと大事な話があって家まで来たんです」

「はい、コウキンショウさま……役所の厚勤省さん？」

客ではないと知ったとたん、社員は舌打ちしそうな口調になった。おどしたりなだめたりしたが、たいしたことは聞き出せなかった。この会社は安瀬眉子の申し出によって、土地建物と家具をまとめて買い取り、追跡不能な電子マネーで代金を支払った。眉子は居抜きでどこかへ去った。あとのことはわからない。

業者に無理を言って、家の中へ入ったが、ぱっと見て手がかりになりそうなものはなかった。まさか床下や天井裏まで家捜しするわけにはいかない。

役所へ帰り、局内の調査部に追跡を依頼したが、見つかる可能性は低かった。実は同様の失踪事件が年間数千件もあった。国民の個人情報を合法的に流用する私たちは、警察に嫌われているので、捜索を頼むどころではなかった。

そして私も、百名を越える延命拒否者を抱えており、彼女のことはリストの最後に回さざるを得なかった。

不老不死という現象がいつ出現したのか、諸説ある。

ある人は有史以前における農耕文明が発祥した時だと言い、ある人は牛痘《ぎゆうとう》が発明された時だと言い、またある人は抗生物質が発見された時だと言った。飢えだとか、伝染病だとか、感染症だとかの、人間の寿命を縮めていた要因がひとつひとつ克服されていくにつれ、二倍とは言わないまでも、数年ずつ平均余命は延びた。ヒトゲノムが解き明かされ、さらに個人のゲノムがデータバンク化されると、遺伝や体質による疾患は、わかっている限りすべて予防できるようになった。幹細胞から育てた、クローン自家臓器が試験され、臨床に用いられ、普及した。衣服のように気軽に取り替えられるほどではないが、医療保険で賄《まかな》える程度の額にはなった。

あの謎めいたテロメアの働きも、わかってみれば遺伝子複写につきものの機械的欠陥に過ぎず、その修復酵素の探索は、癌の撲滅とさほど変わらないほどの課題に過ぎなかった。——そして癌の発見から管理・抑制にいたる対処法は、確立されてからすでに長く、寿命に影響を与えるほど深刻な病だったのは過去の話になっていた。

「日本人、実は不老不死？」

拍子抜けする話だが、この見出しのついた記事の出た日が、こんにち世界で一般的に認められている、不老不死の成立日である。記事の内容は、特定の個人が死ななくなったことを知らせるものではなく、数年前から、平均余命が毎年一年ずつ延びるようになったということを取り上げたものだった。つまり、人が老いる速度を、医学による延命治療が追い抜いたのだ。

不老不死は実験的に確認できない現象なので、こういう風に、誰かに気づかれることでしか、世に現れることがない。

記事を書いた記者はもちろん冗談のつもりだった。読者も他のメディアもそう受け取った。実際に、文字通り自分たちが不老不死であることを人々が実感したのは、ずっと後（もしくは、今でも実感していない）だった。

政治家は地元からの声で、役人は統計の数字で、現象に気づいていた。医療費と年金支給額の増加はもはや留めようがなく、反対に公立諸学校の経費はずいぶん前から請求額が減少していた。かつてピラミッド型だった年齢別人口グラフは、壺型をはるかに越え、キノコ型と呼ばれる特異な形状に変化した。生きている人の寿命が延びる一方で、新しく生まれる子供は際限なく減り続けた。いずれグラフが「シャンパングラス型」になるのは、明白に思われた。国民全体を輪切りにして、「育つ人々」「学ぶ人々」「働く人々」「老いる人々」に分ける今までのやり方は、もうどうやっても無理だった。

平均寿命が百二十歳を越えたころ（その年に生まれた零歳児も、一年ごとに余命が一年以上延びていく）、大規模な改革が行われ、年金も医療保険もすべて廃止された。代わって施行されたのが、国民健康維持法だった。

日本国国民は健康であるか、健康であろうとしなければならない。

この第一条に始まり、健康維持法はいくつもの義務を説く。国民は明るく生産的でなければならない。国民は老いるべきではない。半世紀前ならばそもそも実現不可能な法だったが、科学と医学はそれが可能な段階にまで到達していた。十分な初期投資と、簡単だが継続的な監視によって、人を常に健康な状態に保つことができた。

人は、体内にモニタリングチップを埋め込んで、どんな病も発病したその日に自己完治できるようになった。その状態をさす法律用語が、「法定健康」だった。

この法律を核として、労働・福祉・社会保障などの各法律も見直され、新法が作られた。その法はあちこちから文言を引用した、つぎはぎ的なものになった。憲法からは勤労の義務が引用された。国民年金法からは「老齢、障害又は死亡によつて国民生活の安定がそこなわれることを国民の共同連帯によつて防止し」のくだりが引用された。老化と疾病が駆逐されたという建前により、定年退職制度は禁止された。

人々を新しい仕組みに従わせるために、健康維持法はペナルティを与えた。法定健康でない国民は、健康責任税という名目で金を支払わされた。老化防止の措置を受けていなければ老化税を取られた。自分の死の準備をしていなければ、死亡処理手続き積立金を納めさせられた。それが支払われるのは本人が死んでからなので、実質上、課税と変わらない。死ぬはずの人を生かして務めを課す政府はひどい、と声が上がった。「老いる権利」が叫ばれた。

しかし、そのような動きは、皮肉な理由で、主流にはならなかった。健康は昔から政治的に正しかったからだ。不健康を奨めた政治などなかった。

もっともそれは、当たり前だが、昔はどんなに健康な人でもいずれは死んでしまったからだ。

ところが今では、人間を半ば自動的に不死にする仕組みが出来上がった。人々がそれに対する不安と警戒を覚える前に。

いま、街頭でアンケートを取れば、やはりこんな答えが返ってくるだろう。不老不死になりたいと思いますか？　——いやあ、そんな大それたこと。ぼくは興味ありませんね。傲慢で、不遜なことじゃありませんか？　やっぱり普通に静かに亡くなりたいね。

だが、別のアンケートを取ればこんな答えが返ってくることも間違いなかった。いまこの場で死んでもいいと思いますか？　——まさか、とんでもない。やることがあるのよ。会いたい人がいる。行っていないところがたくさんあるしね。

結局、不死は達成されてなどいないという意見もある。人はいつでも死ねるのだから、と。

しかし実際、人は、望まなければ死ねなくなってしまった。

現在、多くの人が自然に訪れるはずの最後の安らぎを奪われて、仕方なく生き続けている。

私を含めて。

2

調査部から連絡がきたころ、私はすでに彼女のことを忘れかけていた。

「安瀬眉子？　というと……」

「四ヵ月前に家を出て失踪した女性です。羽島さんの頼みで捜索していました」

「ちょっと待ってください」

電話の画面を切り替えてファイルを調べ、ようやく思い出した。何度も居留守を使われた末、張り込みをしてようやくつかまえた、あの女だ。まだ探していたのか、と驚いた。初動調査で見つからなければあきらめてしまうものだと思っていた。

「彼女が見つかったんですか」

「よく似た女性がM県で目撃されました。詳しい情報を照会しますか？」

「お願いします」

私は日時や場所のメモを録り、飛行機でM県へ出向いた。

事前調査では眉子と何のつながりもなかった土地だ。親戚も知人もいない。彼女は大きな町の薬局で、防犯カメラに録られていた。カメラを運用する警備会社のコンピューターが、厚勤省の配布する捜索者リストを持っていて、自動顔貌認識機能によって該当者を見つけ出した。健康維持法に基づいて整備された、評判の良くない仕組みの一環だ。

駅で拾ったタクシーが目的地に近づくにつれて、私は不審な気持ちを覚えた。道端に倒れたポリバケツが転がり、建物の壁には落書きが多い。昼よりも夜に栄える一画のようだ。

　目当ての店はシャッターを閉じており、薬局かどうかもわからなかった。住人を呼び出すにはチャイムを押すだけでは足りず、表から大声で叫ばなければならなかった。

「厚勤省の者です。お健《すこ》やかに、厚勤省から参りました！」

　通用扉が薄く開いて、私より一回りほど年上に見える、髪の乱れたパジャマ姿の男性が姿を見せた。「なんか用？」とぞんざいに言う。

「厚勤省の者ですが、お話がありまして」

「だから、なんの用？　うちはみんな健康だよ」

「ご健勝おめでとうございます。実はその件ではなくて、お宅にいらしたあるお客さまについてお伺いしたいと」

「うちの客？」

　首を傾《かし》げた男性が、はっと口を開けた。

「悪いね、ちょっといま店主がいなくて」

　取ってつけたような言い訳をして、止める間もなく戸を閉めてしまった。もう一度大声で呼んだが、無駄だった。

　厚勤省の健康普及員に、民家に立ち入る権限はない。私はしばらく途方にくれたが、やがていい考えを思いついた。

　いったんその場を離れて、スポーツ用品店を探し、目出し帽を買った。日が暮れるまで待って、もう一度先ほどの店に向かった。

思ったとおり、一帯は昼間とは別の町のようだった。けばけばしいネオンと、にぎやかな雑踏。三十代、四十代の若い人々や、若く見えるよう装った人々。派手な看板のある店に入れば、ひょっとして本物の二十代がいるかもしれない、と思わされる。

裏路地にある昼間の店は相変わらず看板を出していなかったが、シャッターは開けていた。少し離れたところから観察していると、真冬用のアノラックのフードをかぶった客が出てきた。そういう奇妙な姿の客は、珍しくないらしい。私も目出し帽をかぶり、入店した。

「いらっしゃいませ」

別に意外でもないが昼間の老人がレジに座っていた。きちんと髪を整えて、ベストにタイなど身に着けている。予想通り、私の異様な姿を見ても何も言わなかった。私の疑いは強まった。

が、棚に並んだ商品を見た途端、そんな感じは一時的に吹き飛んだ。

「キュッと一逝き!」「夢見心地で……」「イッコロンS」「昇天しちゃう!?」

安っぽいコピーはすべて、棚の手前につけられた値札に書かれたものだ。店主の手書きだろう。肝心の商品はどれも茶色のビンに入っており、バーコードしか印刷されていない。どう見ても信頼できる商品ではない。信頼させようとしている様子でもない。

しかし、かえってそこに惹かれる人間もいるのだろう。私の隣からスッと手を伸ばしたサングラスの女が、「イッコロン」を取ってレジに向かった。

「これ、本物なの？　ラベルがないけど」

「はあ、名前はでたらめですが中身はどれも本物です。ラベルがないのは、途上国向けにバルクで売られたやつを、第三国で買い取ったからなんですね。お持ちのそれは、ほんとはスイス製のデがつく薬」

「デメス？　聞いたことがある」

「日本語の説明書もありますよ」

「いいわ、わかるから。これを」

女は数枚の高額なハードマネーを差し出した。それを受け取る前に、店主が呪文のような口調でぼそぼそと言った。

「医薬品は用法・用量をよく守って服用してください。個人差はありますが、定められた量を越えて服用されると、健康を害されることがあります。その場合、当店では関知いたしません」

「わかってる」

主人が金を受け取り、器用に枚数を数えた。現金を扱うところがいかにもそれらしかった。

「お安らかに」

紙袋を受け取り、女は出ていった。店主の最後のひとことに、私は軽く寒気を覚えた。

　ここはそういう店か。

　私は「夢見心地で……」を取ってレジに置いた。

「自殺薬なんですか」

「いいえ、これは睡眠延長剤ですね」

　ちらりと瓶に目をやっただけで、ディスプレイの帳簿を見つめたまま、店主は言った。

「これは毎日一錠ずつ飲みます。初日はなんともない。二日目から、前日の成分が体に残留して、睡眠時間がちょっと延びます。十分ぐらいかな。次の日も飲むと、さらに十分延びる。最初六時間寝ていた人が、約一週間で七時間になる。一ヵ月服用すると半日以上目覚めなくなるっていう具合です」

「二ヵ月飲むと？」

「飲まないでくださいね」

　店主は顔を上げない。この店が存在できているわけがよくわかった。

　目的を思い出して、私は考えた。この店は法律すれすれのところで商売しているが、やっていることは明らかに反社会的、反道徳的だ。私が警察官だったら、是非はともかく逮捕しようと画策しているところだ。

しかし私は健康普及員だ。法の秩序を守ることが仕事ではない。

目出し帽を取ると店主が驚きの声を上げた。私は懐から写真を出して彼に迫った。

「聞きたいことがあります」

「なんだ、あんたは。で、出てけ！」

「私はこの人を探しているんです。安瀬眉子、八十九歳、身長百五十六センチ。五日前に素顔でこの店にやってきたはず。彼女が何を言って何を買ったか、すべて教えてください」

「いや、言わん。客の秘密はしゃべらん。我々がどれほど深く悩んで、こんなものを買うのか、おまえにわかるか！」

「ここにパレットがあるんですがね」

私は別のポケットからカード型の電子機器を取り出した。店主がひっと息を詰まらせた。

「私はあなたに、これを使うようお願いすることができるんですよ」

パレットは、コンパクトにまとめられたDNAマイクロアレイだ。センサー部をひと舐めすれば、わずか三分で一千の主要な疾病遺伝子がチェックされる。法定健康措置を受けていない人間を百パーセント判別できる。

死を売るこの男が、自身も不死を忌避していることは、間違いないように思われた。法の秩序にこだわる気はないが、健康でない人間を見逃すつもりはなかった。

「……頼む、勘弁してくれ」

「安瀬眉子は」

「……」

私はパレットを男の唇に当てようとした。男は汚物を突きつけられたように、さっと顔を背けた。

「確かに来た」

話すにつれて、男の肩はしぼんでいった。


合法を装って危険な薬が販売されることは少なくない。私がその店を訪れたころから、自殺薬もぼつぼつと市中に出回り始めた。それらの新しい薬が、昔からある青酸カリやトリカブトの毒と異なる点は、そのナイーブさだった。

がんらい自殺は追い詰められた人のすることで、幸福な人や成功した人のすることではなかった。これは自殺する必要がないという理由とともに、自殺を忌避する心理があるからだった。人の自由意志は自己の命を抹消するところまで及んではならない、という意識があった。

ところが健康維持法が施行されてからは、死についての意識がそれほど変わらないまま、死ぬ方法がなくなった。人はそれまでの規範を抱えたままで、薄暗がりへと続くなだらかな坂のような、果てしない老後と向かい合わなければならなくなった。

　自殺薬は、自殺薬でないことを謳うのが特色だ。販売側の言い訳としてだけではなく、買う側の抵抗をなくすために、そういった売り文句が好まれた。私が実際に手にした睡眠延長剤の他にも、厚勤省はさまざまな薬を摘発していた。

「ゼンマイ」――服用してもまったく体調は変わらないが、半年以内の睡眠中に確実に死亡する。脳幹内部で結晶を作って呼吸中枢を麻痺させる成分のためだ。いつ死ぬかは誰にもわからない。しかしその成分は、ある市販の風邪薬を飲めば完全に解毒されるよう調整されているので、服用後に気が変わったらいつでも死から逃れられる。

　ゼンマイが切れたようにある日突然亡くなるので、そんな呼び名がついた。出所は定かでないが、ある国の治安組織が暗殺用に作ったとも言われる。

「ガンジーの爪」――服用すると食欲が消滅する。食べ物を見ても、砂や石のようなものにしか思えなくなる。効果は十日ほどしか持続しない。しかし十日間飲まず食わずでいたらたいていの人間は死ぬ。仏教系のカルト教団が即身成仏のために作らせたらしい。

　どの薬も、自殺と自然死のあわいに揺れる人の心に付けこむように売られていた。

　あなたは人生に負けたのではない、疲れ果てて弱ったのではない。為すべきことをすべて終えたあとの、自由な、自分だけの時間の使い方の一つとして、ちょっと風変わりな賭けをしてみるに過ぎないのだ。今までに犯した秘密の罪、誰にも言わなかったあのことを贖《あがな》うために、小さな小石を人生に置いてみるだけだ。それにつまずいたとしても仕方がない。

——苦痛のなさや、死に様の穏やかさよりも、むしろそういったコンセプトを強調した薬が、よく売れているようだった。

社会のそのような崩壊を政府が許すわけもなく、じきに規制が始まった。

警察は薬事法違反や過失致死などの容疑で、何組かの業者を摘発したが、さっぱり効き目がなかった。そこで業を煮やして、嘱託《しょくたく》殺人や自殺幇助《ほうじょ》などの重い嫌疑に切り替え、大々的な弾圧に乗り出した。

法律がまた改められ、自殺に対するペナルティが強まった。自殺者の遺産は相続できずに国庫に納められることになった。宗教の各宗派に対して、自殺者の葬儀を断るように圧力がかけられた。葬儀を主な収入源としていた伝統的な宗教団体は、死亡者の激減に耐え切れずに統廃合を繰り返し、最終的には役所の所管する小さな公営組織となっていたので、圧力に屈して自殺者のボイコットを始めた。

自殺した夫の棺桶を、一人で押していく妻の姿を描いた、政府広報がテレビで放映された。私も職場で見せられた。

「自殺は犯罪です。健康に老いましょう」

極めて常識的なことを語っているはずなのに、異様な息苦しさを覚えるＣＭだった。

自殺の自由を求める運動は、あるにはあった。しかし、どうしても自殺したい人は、運動をするより早く勝手に自殺してしまうので、それが社会全体の大きな風潮になることはなかった。まず政府に認めさせてから、などと悠長なことを考える人は、結局実行に至らないということらしかった。

日本はこうした動きで世界のトップを切っていたが、この世紀の始めに日本より早く出生率が一を切っていた韓国や香港がすぐ後に続き、その後から西洋・中東の諸国がじわじわと追随していた。二つの巨大宗教を内包しているそれらの国々では、自殺に対する禁忌もひときわ強く、そのためにかえって死のうとする人とそれを妨げる人の争いが、激しくなっているようだった。

死ぬな、という叫びが世の中にこだましていた。死なずに強く生きろ、と。しかし言われる側は皮肉に笑うか、重苦しく沈黙していた。

死ぬなと言われてもね。そんなことを言うやつは、悩みがないんだろうな。――電車の中や、居酒屋や、あるいはネットの掲示板には、そんな声が絶えず流れていた。

私は職場のデスクで茶色の瓶をもてあそんでいた。M県の店から失敬してきたものだ。安瀬眉子は店の品を買わなかった。来るには来たが、店内を一周しただけで出て行ってしまったそうだ。ひどく冷たい目つきでしたよ、と店主は言った。

そうだろうと思っていた。店のある町並みを見たときから感じていたが、あそこは眉子が好むような場所ではない。眉子がすがるような店ではなかった。

彼女はこう言ったのだ。しっかり生きて、きっぱり死ぬと。生に迷って自殺を図るようではしっかり生きたと言えないだろうし、黄昏へ招くたぐいのああいった薬を飲んでも、きっぱり死ねはしない。

不死を拒んだ彼女が、安楽な自殺をも否定した。そのことが私の胸中に、とんとなかった波風を起こした。彼女がどこへ行こうとしているのか、知りたくなった。今にして思えば、あの店主の動揺は、摘発を恐れたためばかりではなかった。自分のいる薄暗がりを照らし出されたために恐れたのだ。

不死への恐怖を私に暴かれ、

死への恐怖を眉子に暴かれた。

「羽島さん、それは？」

同僚に聞かれた私は、椅子を回して彼に向き直った。

「楽になれるものらしいです。要《い》りますか」

「毒でなく文字通りの代物なら、ほしいような気もするね」

「私はそうは思いませんね」

同僚が鼻白んだような顔をする。私は小瓶をゴミ箱に放り込んだ。

自殺薬への弾圧のクライマックスは、警官隊の突入だった。薬を飲み、声明文を出して公会堂に立てこもった四十五人の男女を、ヘルメットに警棒姿の機動隊と、それに続く医師団が強襲した。昏睡状態の人々はまず解毒剤を投与された後、その場で手錠をかけられて逮捕された。法定延命措置を受けていない者にはそれが施され、すでに受けている者は再就労支援施設に送られた。

突入シーンは、勇壮なBGMとともにスタジオの解説入りでテレビ放映された。人々から良識的と思われているコメンテーターたちが、自分勝手なことをして公的機関の手をわずらわせた自殺者たちを、道化をからかう口調か、病人をいたわる口調でなじっていた。

そういうことを、私は同僚から聞いた。私自身は、悪趣味に感じたので番組を見なかった。だが、翌日の発表を信じるならば、視聴者の大半が放映趣旨に賛同していた。

死んではいけない。生きてさえいれば、きっといいことがあるはずだ……。

これほど管理の強まった世の中でも、まだこういった意見が大勢を占めていた。私には手の込んだブラックジョークのように思えたが、ひょっとすると、自分より先に死んだ者に対する、ねたましさの表れだったのかもしれない。

ともあれ、国内で猛威を振るった自殺薬の流通は、この事件を機に減っていった。自殺用の強い酒に対する規制法案が国会に出されて、焼酎の販売を禁じるかどうかというような議論がなされるなど、わが国らしい余波もあった。

日本では、まだ、自殺は悪だとする合意が公私に渡って生き残った。

西インド諸島のS国という小さな島国が、デス・ヘイヴン政策を打ち出したのは、それから間もなくのことだった。

3

空港がなく、入国はベネズエラからの高速船に頼った。日本の漁港のような小さな港で降りて、徒歩で町を一周する間に、黒い肌を明るい柄の夏服で包んだ楽しそうな女たちと、怒鳴りあいながらもてきぱきと路上のゴミを掃き集める、ゴミ収集人たちを見た。出店の並ぶ通りには多くの人が流れており、値切ったり吹っかけたりしていた。路地を覗いても無気力に座り込んでいるような男はほとんどいなかった。

空には光があふれ、影は黒かった。花の香りの温かい風が吹いている。掛け値なしの常夏。町に危険はなく、人々は活気があって、笑っている。

「いいところだな。冬の日本から来ると、特に」

同僚が言い、私はうなずいた。

そんないいところが、どういうわけか人を死なせて客を集めているのだから、不思議なものだった。

日本政府は、S国がデス・ヘイヴン政策を実施してから数ヵ月のあいだ傍観していたが、世界各地からこの国へ渡る人が増えるにつれ、関心を持った。デス・ヘイヴンとは、自殺のしやすさや低い相続税率を売り物にして、一時的な移住者を呼び集める政策らしいが、あまり穏やかとは言えない。もし国家が外国人を招き寄せて殺し、金を奪ったりしているのなら、それは国際法に照らすまでもなく、犯罪だ。邦人の渡航を禁止し、非難声明を出して、さまざまな制裁措置を課さねばならない。

調査のために厚勤省から私たちが派遣された。

町を見回った後で、行政府ビルへ向かった。貿易観光部門の担当官には話が通っており、快く視察を受け入れてくれた。日本人の来訪を楽しみにしていたと言う。私は翻訳機のニュアンスが強くなりすぎないよう調整して、答えた。

「わが国は、この国を訪れた旅行者や移住者が不本意な仕打ちを受けるのではないかと、心配しているのです」

担当官は穏やかな笑顔で答えた。

「心配はいりません。きっとご理解していただけると思います」

それから数日にわたって、私たちはデス・ヘイヴン政策の実際をつぶさに見た。

自殺希望者の受け入れを実際に行うのは、外資を含む十数社の民間企業だ。S国政府は土地建物の提供と広報を担っている。民間企業は先進各国に窓口を開いて客を集め、一方ではS国内に六ヵ所あるリゾートビーチと火山のある国立公園で、専用のホテルと諸施設を運営している。

客は最低一週間から、三ヵ月にまでいたるパックツアーに参加する。そしてスペイン植民地時代の遺跡や霧深い原生林を巡り、ラテン音楽を聞かせるレストランや紺碧の美しいビーチで、至れり尽くせりのサービスを受けて過ごす。

「これでは普通のバカンスと何も変わらないようですが」

「その通りです。ここまでは普通のバカンス、いえ、極上のバカンスです」

「こうやって客を十分に満足させてから、現世に別れを告げさせるという趣向ですか。どうも納得がいかない。本当にこんなツアーが成立しているんですか」

実際に客のいる施設を案内されても、何かだまされているような気がして仕方なかった。いちど悦楽を味わってしまったら、そこから逃れられなくなるのが人間というものではないか。

「不思議でしょうね。でも、この先を知れば納得していただけると思いますよ」

謎めいた笑みを浮かべて、担当官が言った。

翌日、私たちはリゾートを離れ、首都のある施設に連れて行かれた。その建物は遠くからだとゴシック建築のカテドラルのように見えた。担当官が言った。

「様式の違う施設が他にも数ヵ所あります」

「聖堂なのですか」

「まだ違います。あれを聖なる施設だと呼称することは、バチカンが許しませんでした。他の施設についても同様です。ですが、私たちなりのやり方で安息と平安を保てる場所にしています」

建物の中は石灰岩造りで白かった。荘厳なホール、静かな長い廊下、ほの明かりの灯されたそこここのアルコーヴ。私たちは中に入る際、白いガウンのようなものを着せられ、撮影を禁じられた。同様の服装の男女が、ちらほらと多すぎない程度にいたが、彼らがそこの客だった。

「彼らは何をしているんですか」

「何も」

同じ白衣を着て聖職者のような姿になった担当官が、首を振った。

「何も？」

「ええ、ここにはいくつかのルールがありますが、その一つが何もしないことです。過食、雑談、読書、手芸や工作、運動など。あの方々はこれまでの百数十年間、そういったことをしてこられ、この数ヵ月は特にそうでした。しかし、ここではそれを断ちます」

「精進潔斎《しょうじんけっさい》で自殺の決意を固めさせようって魂胆かね」

同僚が日本語でうそぶいた。すると、担当官が振り向いて答えた。

「私たちは何もさせてはいませんよ。さっき通った入り口のドアは二十四時間開いていますし、係の者にほんの一言告げれば、三十分以内に帰国の支度が整います。リタイヤをためらわせるために、再度の入国を拒むようなこともしていません。お客様に死のうと思わせるようなことは、何一つしていないんです」

驚いたが、よく見ると彼のピアスも翻訳機のようだった。私は言った。

「でもこれは自殺施設なんでしょう」

「私たちが宣言しているのは、その選択の邪魔をしないということです」

彼は自信たっぷりに言い切ったが、それでもまだ私は割り切れない気分でいた。少しばかり風変わりなホスピスを作って、一見荘厳であるような雰囲気をかもし出したところで、人命を故意に奪うことが正当化されるわけではない。強い言い方をするなら、これは清潔に仕立てただけのガス室ではないのか。

その時、担当官がピアスに触れて何かをささやいた。

「うん、わかった……お二方、いらしてください。お客様の一人が、旅立つことを決められました」

「私たちも行っていいんですか？　部外者の私たちが？」

担当官はうなずいた。

「見送りがほしいそうです」

東向きの明るい居室でその老人を見たとき、私は驚きに打たれた。雪のような白髪と落ち窪んだ青い目、私の鼻にも届かぬ短軀ながら、老いてなお背を伸ばし、ソファに自ら体を起こしている姿。何度もメディアで見たことがある。

彼の隣にいた黒いガウンの男性が、彼の手を引いてこちらを指差した。

「ゲオルギー、日本からの客だそうだよ」

私たちは無言で頭を下げた。百七十五歳――現在、世界でもっとも齢《よわい》を重ねた人物に対して、自分などの名乗りに意味があるとは思えなかった。

老人がゆったりとした口調で何か言ったが、翻訳機にデータのない言語だったらしく、意味はわからなかった。黒衣の人物――こちらもかなりの高齢のようだった――が、代わりに言った。

「遠いところからわざわざようこそ、と言っています」

「お健やかに。よろしければ、彼にお尋ねしたいことがあるのですが」

黒衣の人物がうなずいたので、私は最高齢者の瞳を見つめた。

「あなたは本当に、ご自分の意志で人生を終えるおつもりなのですか」

「そうです」

と黒衣の男性の通訳。

「生きることが、嫌になったのですか」

「いいえ」

「では、もうすべてに満足なさったのですか」

「いいえ。私はまだしたいことがあります」

「では、なぜ?」

老人の目がほっそりと狭まり、軽やかな息が何度も漏れた。

「死後の世界というものを見てみたい。私が見ていないのは、それだけだから」

私は黒衣の男性を見、案内の役人を見た。背後に集まっていた、施設の客たちの顔も見た。彼らは一様に、深々と、うなずいていた。隣にいる同僚は、圧倒されたように息を詰まらせていた。

それが答えなのだろうか。人間は、豊かに暮らすすべての条件が整っていてさえ——いや、整ったからこそ、さらなる欲の表れとして、死後の世界を望むものだろうか。

ひそやかなささやきが聞こえ、私は老人に目を戻した。黒衣の男性が彼の手を握っていた。他にも数人の男女が進み出て、彼の腕や肩に触れた。

「大丈夫だよ、ゲオルギー。君がどう審判されるか、皆が知っている」

老人がうなずいた。

そして手を伸ばし、テーブルの上においてあった銀の皿から、白い錠剤をつまみ取った。口に入れ、さらに水差しを取り、口に含む。誰も、一切手を貸さなかった。すべて彼が自分でやった。

老人は深呼吸しながらソファにゆったりと体を預けた。たくさんの人が彼を見つめていた。

やがて、黒衣の男性が宣言した。

「彼は行った」

男性の左手が、優しく老人の手首をつかんでいた。人々が長いため息を漏らした。軽いすすり泣きや、祈りの言葉も聞こえたが、柔らかで晴れ晴れとした空気が漂っていた。長くともに暮らしてから、新しい世界へと散っていく気持ち——何十年も昔の卒業式を、私はふと思い出した。

目を潤《うる》ませていた担当官が、どうです、というように私を見た。

私は答えられなかった。私は日本でこのようなことが為されたら、制止しなければいけない人間だった。

デス・ヘイヴンは繁盛した。平凡なバカンスに飽きた大勢の金持ちがツアーに参加し、その多くは人生を見つめなおすいい機会だった、と考えて帰国した。少数の者は予定通り死を選んだ。自国が墓場や死体製造工場のように思われることを防ぐためか、S国は自殺者数を公表しなかったが、一年目は数百人、二年目からは数千人がS国で土や塵に還ったようだった。

そのうち、第二、第三のデス・ヘイヴンが現れ、商業的自殺幇助に関する論争が激化した。一方ではデス・ヘイヴンの利用費が下がり、大衆化した。

日本に帰った私はずっと考えていた。我々はデス・ヘイヴンを手に入れたほうがいいのか。死ねなくなった日本人は、制度としての自殺を考えるべきなのか。

あの最高齢者は、長い道のりを歩き、多くの国に紹介され、さまざまなものを見て、さまざまな人に看取られて死んだ。それはそれで、称《たた》うべき死に様だと思わざるを得ない。もとより私も、国家維持のために国民を不死にした体制を愛しているわけではない。

それでも、自殺を終《つい》の至りとすることには、うなずけない気持ちがある。

なぜだかわからないが、安瀬眉子は彼のようには死なないと思うのだ。

眉子はまだ生きていた。世界中に張り巡らされたネットのあちこちに、彼女の姿や、彼女の声や、あるいは彼女の名前が、時折現れた。それはスカンジナビアの小さな漁村だったり、トルクメニスタンの空港だったり、天津の両替屋だったりした。重罪犯というわけではないが、彼女は納税拒否や密出国などの容疑者となっていたので、見つかるたびに大使館や調査部の人間が捕まえに行った。しかしそれは毎回失敗した。若いころ亡夫とともに仕事で各国を渡り歩いたという彼女らしかったが、調査部の人間は、行く先々で彼女がしていることを不思議そうに報告してくれた。

「地域の世話人や長老に話を通して、家を借りて住んでいるんだよ。村の税金まで納めていたこともあった。まるでそこの一員になりきろうとしているみたいだった。しかし、我々が訪れると逃げるんだ」

私が担当した延命拒否者の中でも、そこまで粘った者は他にいない。しかし私が彼女を追い続ける理由はそれだけではなかった。

なぜ逃げたのか？

延命制度を拒否しただけではなく、薬による自殺をも否定した眉子。現状維持も、現状の破壊も拒みながら、何を望んでいるのかつかめない女。

S国を始めとするデス・ヘイヴンには、足を踏み入れようとすらしない彼女。

不死でない彼女はいつか死ぬ。彼女の行動は、死に場所を探すものであるはずだ。だが彼女はデス・ヘイヴンで享受できるような人生の締めくくりを望んでいない。一体どんな終わり方を考えているのだろう。

私の疑問をよそに、西洋で高まっていた服薬自殺についての議論は、ゆっくりと日本にも浸透してきた。

平均年齢（平均余命でもなければ、平均寿命でもない）七十五歳を越えた日本では、政府がどれほど生の尊さを説いたところで、誰も耳を傾けなかった。子を作り孫を生《な》して生命の鎖をつないでいるのは、全体の一パーセントにも満たないきわめて裕福な人だけで、その他の人は子供を作る余裕があるとかないとか以前に、それが可能な体の状態を二十年も前に失っていた。

老人は新しい建物を好まないし、必要としないし、工事もできない。また、毎年の服のサイズが変わったりしないし、毎月新曲を探したりしないし、毎週違った味を求めたりもしない。

だから町の景観が変わらなくなり、産業も衰えた。

それでも、病や障害によって人間の体が蝕《むしば》まれていくわけでもないので、社会が崩壊することはなかった。崩壊できなかったというべきだろう。法定健康者の社会は静かで、変わり映えせず、夏の終わりの川のように温かいゆるやかさをたたえていた。

もう、いいじゃないか。

かつて一度は封じられた自殺薬の流行が、再びとどめようもなく始まった。今度は以前のような、後ろめたさと淫らがましさを帯びたものではなく、人々の無言の共感に支えられた動きだった。私もあなたも十分に苦労したし、楽しんだ。ここらでけりをつけたらどうだろう、というような。人生決定法案が上程され、一度流れたが、次の国会では既定のことのようにあっさり可決された。

そして私も、とうとう職を失う日を迎えた。

「閉鎖ですか」

その日出勤した私は、上司に言われてそう答えたが、驚いてはいなかった。なにしろ、延命するべき対象がほとんどいなくなってから、ずいぶんたつのだ。

むしろ、ようやくか、と感じたほどだった。

「ああ、閉鎖だ。厚勤省健康維持局は今週いっぱいで解体されて、人生決定局といくつかの細かい部門に分かれる」

「今週とは、ちょっと急な話ですな」

「次官が自殺したんだよ」

それは知らなかった。私は頭を垂れた。さすがにトップが自殺したら、建前も保てなくなるだろう。

「今週中……あと二日か、その間は業務を続けることになっているが、後始末以外にしたいことはあるかな」

「通常業務を続けようと思います」

「君はそう言うだろうと思った。いいよ、対象者を連れてきてくれ。その分は確実に処置するよう、病院のほうにも言っておくから」

「リストはありますか」

上司が新しいリストを差し出した。受け取って目を通した私は、ある名前を見つけて息を飲んだ。

「あなたが私をずっと探していたのは知ってるわ」

拘置所のガラス窓越しにそう言って、安瀬眉子はどこか蔑《さげす》みを含んだ冷たい笑みを浮かべた。もうずいぶん前、日本の彼女の家で見たあの表情だ。懐かしかった。

眉子は人生決定法案が施行されて間もなく帰国し、税関で逮捕されていた。以前と比べて髪質は荒くなり、メキシコかどこかのポンチョのようなものを羽織って姿が変わっていたが、明晰な応答やくっきりした動作は変わっていなかった。

私は努めて事務的に話を進めようとした。

「安瀬さんは老化税や健康責任税など、十一種の税金と追徴金の未納があります。また、出入国管理および難民認定法など、他の七種の法令にも違反しています。それについて都税務署、国税局、警察、出入国管理局などが取り調べにあたる予定ですが、法定延命措置をお受けになるのでしたら取り調べが据え置かれ、すべてに優先して延命手術が行われることになります」

「そんな説明は要らないわよ。私は手術を受けに来たの」

「手術を？　それでは、ご主人のもとへ行けなくなるのでは」

我ながら、失望のにじんだ声になった。彼女があきらめるというのは、予想した中でも一番つまらない結末だった。

彼女は笑って言った。

「何をがっかりしているの？　あなたは私に手術を受けさせに来たのでしょう」

「おっしゃるとおりですけれども」

「彼のことを忘れたわけじゃないのよ」

眉子はちょっと上のほうを見て、続けた。

「むしろ最近は以前よりもよく思い出しているわ。でも、懐かしんでいるわけじゃないの。いま彼がいたらどうするか、私は同じことができるか、と考える。横にいてもらっているような感じ」

「はあ」

「それでね。あなた方から逃げ回るのは、その彼の意に沿わないような気がしてきたの」

「旦那さんが、もう休んでもいい、と？」

「逆よ。腰を据えて対決しなきゃいかんな、と言うのよ。あなたたちを避けて世界中を回ったけれど、そんな調子ではいつまでたってもしっかりした暮らしができない。――何もお金のことだけじゃありませんからね。だからもういっそ、止まってみようと」

「よくわかりませんな。それは降参ではないのですか？」

「一時的にはね。でも私は未来で勝つつもりでいる」

「未来……」

「あなたたちより長生きすれば、ちょっかいを出されることもないじゃない」

眉子は軽快な笑い声を上げた。私は混乱してきた。私たちが不死化を推し進めてきたのは、国家制度の存続のためだったはずだ。個人が国家よりも長生きすることを保障するためではない。眉子の言っていることは、現状の曲解だ。彼女は自分に都合のいい受け止め方をしてるだけだ。

なのに、砂をつかむようなこの敗北感はなんだろう。

私は、精一杯平静を取り繕って、言った。

「つまりあなたは、我々と戦うというわけですな。延命はその手段だと」

「結局、どう生きるか、だもの。あなたにとって人生の意味は？」

私は返答できなかった。安瀬眉子はしてやったりというように目を細めた。

今回も彼女は逃げ切るのだ、ということが漠然とわかった。

六年後、西インド諸島のS国は、主要施設を爆破され、客船による奇襲を受けて崩壊した。

実行犯は西アフリカの困窮した小国の民兵集団で、武器と作戦を提供したのは黒海沿岸にまだ残っていた独裁宗教国家だった。前者は自殺に高い金を使う先進国の金持ちを恨んでいる、貧しすぎて安楽死すら受けられない兵士の集団で、後者はあらゆる自殺を否定する原理主義者たちだった。百八十度反対の主張を持つ彼らが手を結んだ理由は大きな謎だったが、続く世界規模の混乱のためにそれが解明される機会は失われた。

この頃でも世界人口の七割は延命処置を受けていなかった。彼らがごく単純な嫉妬に駆られて挑戦を突きつけてきたとき、痩せ細ったまま辛うじて生きていた不死社会は耐え切れなかった。

あらゆるレベルで摩擦が表面化した。街角で定命《じょうみょう》者が延命者を殴り、ネット上でも延命者のコミュニティが攻撃された。端的に言ってそれは、若者の、老人に対する攻撃だった。

不死者の国家が一つまた一つと崩壊し、不死の難民があふれて散り散りばらばらになり、国という国の物陰や隙間に逃げ込んだ。しかしそれで不死への潮流が断たれたわけではなかった。「不死社会」というものをまだ体験したことがなかった定命者たちは、心の底に憧れを抱いており、滅んだり衰退したりした先進国の官庁や企業、あるいは医療システムや医薬品を抱え込んで、理想的な不死国家の再建に挑んだ。

一度不死を広める役を離れて、死を配る仕事をしていた私も、中米のある国で再び不死の使いとして職に就いた。

高齢化社会の淀みと翳りを知らない、ラテン民族の人々を延命してやることは、一見して希望が持てるように思われた。この若々しい人たちが若いままに時を経ていけば、朽ち果てることなく永遠の繁栄を享《う》けられるのかもしれない……。

しかしその国も滅びた。

陽性で激しい精神を持つ南国の人々は、かえって長すぎる老後に耐えられなかった。薬などに頼らない、思い切った自殺や殺し合いが激増した。不死を司《つかさど》る役所は群集に襲われ、焼き払われた。私は嵐の夜に泥にまみれて逃げ出した。

いつごろからか、不死を達成して隠れ住む人々と、定命のまま子をなして死ぬ人々が、沸騰した鍋の中の泡のように、沸き立っては混ざり合い、はじけてはまた生まれる連鎖が、人間の営みとなった。不死者を憎む定命者が凄まじい魔女狩りを行い、数百万人もの犠牲者を出した。あるいは定命者がいなくなれば平和が訪れると考えた軍人が、不死化ウイルスを散布して数百万人もの人々を強引に延命した。どの場合も反対勢力が現れて、前の勢力をさんざんにやり込めた。

それでも人間は滅びることもなければ、不死か定命、どちらかの状態に塗りつぶされることもなかった。ある時、核兵器以外のあらゆる兵器が使い尽くされるほどの、恐ろしい戦争があり、それが終わったあと奇跡的に世界が統一され、不死者も定命者も力を合わせて善なることに励んだ期間があった。荒廃していた環境が修復され、停滞していた科学技術が再び長足の進歩を遂げ、深海や砂漠や宇宙にも生活圏が広がった。

しかしそれも長くは続かなかった。自由の横溢と引き換えに、避けられない格差が広がり、是正に告ぐ是正で社会制度が疲労し、腐敗と無気力が蔓延した。不死化技術はさらに進歩して、もはや年老いた肉体に縛られることなく、好みの性別の若く美しい姿に変貌することができるようになっていたが、すべての人間が望みどおりの措置を受けられるには至らず、争いの火種になった。生《き》のままの遺伝子を持つ純粋な定命者から、クローンや機械化・電脳化を駆使して望みのままの姿になった任意姿態者《アービトラリー》まで、幅広いスペクトルが生じた。

不満を持つ勢力が何かの弾みで実力行使に出、社会を統合していたシステムを情報的に破壊した。分断が起こり、戦いが勃発し、局地的な支配者が現れ、仲裁が為され……。


私は、仕事を続けた。

不死を与える人に仕え、死を与える機械に仕え、多くの人の人生を左右した。

生死を分かつ仕事はこの上なく重大で、どんな世になってもなくなることはなかった。

だが時折、彼女のような人間が現れた。

私が生と死を告げても、人生を決定されない者が。

私はそれが不思議でならなかった。どうしてもわからなかった。年を経る間に多くの問いに悩まされたが、それらが解かれても一つの問いだけは残った。

彼女はいつ・どうやって死ぬのだろうか。

安瀬眉子の姿かたちは、広い世界のどこかで、今でも時おり検出できた。

4

高空に開いた小さな花が、だんだん大きくなり、ついには何千もの花弁を集めたような巨大な花束になるのを見て、私は休眠状態だった自分の全モジュールを覚醒させた。

差し渡し二キロ近いクラスター・パラシュートで降ってきた着陸船は、目測高度四千メートルほどから、底面に白い泡を盛大に吐き出して、着地態勢を整えた。私が無限軌道をごろごろと回して丘を越えると、船がクッションフォームを押しつぶしながら窪地に着地するのが見え、やや遅れて、機関銃の銃声によく似た、無数の泡の潰れる破裂音がパチパチと聞こえてきた。

船体の識別記号は確かに、四百五十六年前に金星を出発した第Ⅷヴェネラ帮《パン》国の移眠船のものだった。金星周回軌道の短期逃避施設に過ぎなかったこの船が、五十光年もの距離を渡ることに成功したとは、驚きだった。

青草を押しつぶしてなだらかな坂を下ると、そこかしこの巣穴から温かい小動物が逃げていった。これらは移眠船が軌道上で待機しつつ、四十年前から播種した地球産の種だ。それより前から原生していた古細菌や原核生物のたぐいは、テラフォーミングの犠牲になって滅びた。

しかしそれは瑣末なことだった。彼らは生きるのが目的で、現地生物の心配をしている余裕などない。そして私の仕事は環境保護ではない。

丘の陰から姿を現したときからすでに、電磁波による激しい誰何《すいか》の声がかかっていた。私はそれを無視し、船のハッチと思《おぼ》しき箇所の正面に居座って、そこが開くのを待った。

十六時間後、私が無線で答えないことに業を煮やしたのか、船はハッチを開けた。

ベル型のトーガと長いブーツを身につけた人々が私の前に降り立った。一見して年齢構成や人種はバラバラで、男も女も、無性者や両性者もいるようだった。長い巻き毛の美しい少女が凜とした眼差しで私を見つめ、その隣に立つ大柄な男性の高齢者が、明確な金星底層語で叫んだ。

「そこのマシン、おまえが地球製であることはわかっている。アーガーテ様を捕らえに来たのか、それとも我々と戦いに来たのか？」

「どちらでもありません。私は安瀬眉子にお話があります」

男性と少女は肩透かしを食ったように口を開けた。彼らは地球と金星にまたがる、ある政権の弾圧を受けていた集団だ。その筋からの追及を恐れてはいたが、まったく無関係な追っ手が現れるとは考えていなかったのだろう。

「私に用があるというのは誰？」

ハッチの人々の向こうから彼女の声がした。どんな姿か楽しみだった。

現れた彼女は、予想よりもだいぶ穏便な姿をしていた。背筋も腰もすっきりと伸びているが、白髪やしわは消していない。おそらく設定年齢は五十歳ちょうど。彼女にしては保守的だと感じると同時に、私はえもいわれぬ懐かしさを覚えた。この面影と挙措をずっと追ってきたのだ。

私は背面の移動手術台をカタカタと音を立てて展開しながら、空いている第六手で、地球を発つ前に手渡された強制執行令状を掲げた。

「グリーンランド共同統治委は、二十ヵ国キャンプ内における待遇均等法違反の罪状により、あなたを多数化します。あなたは現在、不死ですか？　定命ですか？」

眉子が大きく目を見張った。

「ちょっと待って、おまえは……ええと……羽島さん？　日本の？」

「私は羽島隆人の２３０２-０８０１バージョンのバックアップで、ここから十二光年以内の時空におけるオリジナルです」

「あらまあ。わざわざこんなところまで先回りして、四百五十年も待ってたの？　あきれたわね」

「あなたを定命化──」

「お生憎様《あいにくさま》ね、私はいま、定命なのよ。降下前に処置したの。それでも私を手術する？　一度不死にして、また定命にする？」

「……処置を取りやめます」

私はしぶしぶ手術台を格納した。度肝を抜かれていた他の人々のささやきが聞こえた。

「マユコ、あれは……」

「古い知り合いよ。前にいたところよりも、もっと昔の世界からの」

「安瀬さん」

私は声をかけた。眉子が振り向いた。

「私の任務は終わったようです。ところで、少し個人的な話をしてよろしいでしょうか」

リーダーたちが止める素振りをしたが、眉子はうなずいた。

「いいわ」

私たちは船を離れ、斜面に突き出した岩の上に登った。移眠船からぞろぞろと出てきた人々が、背伸びしたり転がったりして、暖かくみずみずしい天然の環境を味わっていた。

あの少女が何かはっきりしたことを叫び、皆が唱和した。

私は述べた。

「あなたがああいった指導者の元に身を寄せたのは意外です」

「私が知る限りで、もっともよそ者に寛大な集団よ。少しでもカルト的な人々が、これだけの旅を成し遂げられると思う？　もっと評価してくれなきゃ」

私が黙って聞いていると、眉子は軽やかに続けた。

「それともリーダーの外見の話かしら。白髭を生やした百戦錬磨の船長や、性のない謎めいた預言者がよかった？　彼女の精神はあの姿とよく調和しているわ。あの船の誰よりも。それが大事なことなのよ、あの人々の間では」

「しかしあなたは過剰に装ったりしていない」

「私だって、けっこういろいろ試したわよ。別にカリスマを備えたくはないし、備える必要もないから、こうしているだけ。いわば普段着ね」

しばらくして彼女がこちらを見た。

「なんだか私を誉めてくれているように感じるのだけど、わざわざそのために来たの？」

私は、振るべき首がなかったので、腕を左右に振った。

「あなたはとうとう、こんな遠くまで生きてしまった。不死になれと言ってもならず、死んだらどうだと言われても死ななかった。さらには定命に戻ってみたり、また不死となってみたり、人生をきっぱり定めずにさまよい続けた。一体いつ死ぬんです？　何のために生きているんです？」

「まだそんなことを……」

　言いかけた眉子がいぶかしげに目を細めた。

「もしかして、そっちが本命の質問かしら。それを聞くために五十光年も？」

「そうだと言ったら、あなたは笑いますか」

「むしろ――そうね――尊敬するかもしれない」

　今度は私が意味をとり損ねて、レンズをせわしなく伸縮させ、彼女の顔にピントを合わせた。眉子は労《いた》わるように言った。

「私にそんな一念はないもの。生死は、私の人生に付随するものに過ぎなかった」

　眉子が、温かく乾いて骨ばった手で、私の外骨格を軽く叩いた。

「それでもとうとうあなたに追いつかれてしまった。あなたは何によってここまでたどり着いたの？」

「何によって、ですって」

　そのことに気づいた時、私は愕然とした。私は任務を受けて行動しているのではなかったか？　グリーンランド政府や、それ以前の多くの組織や、はるか昔に消えたあの国のためでは……。

　自分の足跡を振り返った時、私は沈黙するしかなかった。

　そんな私を見て、眉子は訳知り顔にうなずいた。

「どちらにしろ誇ってもいいんじゃないかしら。お互いよくもまあここまで、とは思うけど」

丸い頬ににっこりと笑みを浮かべる彼女に、私は何も言えなかった。

人々が船から真っ黒な長い杭のようなものを運び出し、ハンマーで地面に打ち立てた。記念碑らしかった。人の輪ができ、到着を祝う儀式が始まる。私は尋ねた。

「行かなくていいんですか」

「行きたいわね。でもあなたはどうするの」

「任務が終わったら眠るつもりでした。やがてこの地に権威の支配が及ぶまで」

「しばらく付き合ってくれないかしら」

「それは転向しろということですか」

私は胴体を傾けて尋ねた。彼女は立ち上がって、尻についた草の葉を払った。

「私は定命者としてここに降りた。ここでの人生を心ゆくまで味わうには、そのほうがいいと思ったからだけど、今度こそ本当に最後の暮らしになるかもしれない。死ぬ時はみんなに看取られたいわ。あなたにも」

「それはいつになるんです」

私の返事に、眉子は軽く目を見開いてから、ニッと笑った。

「千歳は越えないんじゃない？」

私は人々のもとへ向かう彼女の背を見送りながら、その日までするべきことを、何か見つけなければと思い始めた。

アルワラの潮の音《ね》

部屋の隅に、青水色の柔らかな微光が湧いた。

「ン……」

端然と座していた、小柄な人影が顔を上げた。

床も壁も天井も、人の足ほどの太さの、玄武岩の柱石を組み合わせて作ってある。人為的に生やしたマングローブの根が岩の間に絡みこみ、しっかりと抑え付けている。

窓は小さく、一つだけ。空の光と夏の風がかろうじて入ってくる程度だ。大人はもちろん、子供でも通れない。

扉は塞いである。

潔斎《けっさい》のためだ。高貴な身分にある部屋の主《ぬし》が、二十八日間の瞑想を保てるよう、隙間にサンゴ砂を詰めて、堅く閉ざされた。部屋の床には、溜め込んだココヤシの実と、すでに中身を吸い尽くした殻が散乱している。

空《から》の殻のほうが、五倍も多かった。

部屋の主は、長い瞑想の終わりに達しようとしているのだった。

その、消耗した人影の様子を窺うかのように、部屋の隅の微光が横ばいに動く。

なんだろう、と部屋の主は思った。

瞑想の中期に、さまざまな幻覚を見るかもしれないとは、神官たちから聞いていた。事実さまざまな妖《あやか》しのものを目にしたが、それもすでに、十日も前のことだった。

終期にある今では、この暗い部屋の空気と同様に、心も静まり返っている。もう幻覚など見ないのだと思っていた。

だが、微光が見えている。

それは動く。部屋の主が無害だと気づいたらしく、近づいてくる。

やがて目の前に至ると、薄く高々と立ち上がった。

綺麗だ、と部屋の主は思う。

海底から見る、水面のようだ。青くまばゆく輝き、ゆらめいている。

不意にそれが言葉を発した。問いかけだった。

——か？

部屋の主は驚いた。それは、主が長年願ってきたことだったからだ。

――か？

もう一度、問いかけられた。それは恐ろしく非道な問いだった。主はさすがにためらった。背後の床に手をつき、下がろうとした。

その手がヤシの実の殻に当たって、カラリと音を立てた。

ああ、と主はゆっくりと思い至る。そうだった。これが私に課せられた定めなのだ。強制される定め。アルワラにおもねる神官たちの一存で、潔斎と称してこの聖廟《せいびょう》に閉じこめられた。ヤシの実が足りるかどうか、彼らはろくに考えもしなかった。私は自分でけんめいに考え、少ない実を食い延ばして、なんとか今日まで生きながらえた。

きっと明日にはここを出て、奇跡の人として大きな祝福を得ていることだろう。

だが、もしそうならなかったとしても、神官たちが責められることはないのだ。開いた扉の奥に、渇いて死んだ私が発見されても、彼らは神意であったというだけなのだ。

そしてまた新たな犠牲者を担ぎ出す。何度でも、何十度でも。

この島が興《おこ》った朝から、この島が滅びる夕べまで、そうして繰り返すのだ。

そんな悲しいことはもうごめんだ。

そんな憎らしいことはもう止めなければ。

だから私は……。

――世界を、滅ぼしたいか？

問いかけに、主は、うなずいた。

聖廟の空気穴から、長い長い悲鳴が漏れた。

近づくモンスーンの激しい風が、ヤシの葉をざわざわとかき鳴らし、悲鳴を運び去った。

1

ポナペの浜に船が帰ってきた。赤銅色《しやくどういろ》の肌をした、腰布一枚のたくましい戦士たちが、次々に飛び降りて、浜に船を引き上げる。沖の堡礁《ほしよう》の周りでは、まだ波が高々と打ち付けている。

女たちが歓声を上げて、出迎えに走った。よい男に見初《みそ》められ、武勲を聞かせてもらうために、みな花や紋様を身につけて、めかしこんでいる。

数々の女たちの中でも、波打つ黒髪を持つ、魔法医見習いの美しい少女、ラヴカの声がひときわはっきりと耳に入った。

「カカプア、お帰り！」

それを横目で見ながら、「細い葉」のク・プッサはぶらぶらとやる気もなく船へ向かった。

　ク・プッサは戦士ではない。体が細く、足が遅い。その呼び名も、細い《ク》・葉《プッサ》のようだというので、つけられた。昨年は「戦士の駆け足」を完走できなかった。

「戦士の駆け足」は、森や泥沼、潮の速い入り江やサメのいる浅瀬などを突っ切って、ポナペ島を一周する儀式だ。それを経験していないものは、戦士として認められない。

　ク・プッサは、十六歳になる来年も、完走できないような気がしていた。むしろ、今のままの扱いのほうがいい、とあきらめていた。

　今のク・プッサは、船匠《せんしょう》を務めている。石鑿《いしのみ》と蔦縄《つたなわ》を駆使して、戦艦や漁船を修理しているのだ。その方面ではク・プッサの腕はまずまずだと思われていたし、本人もそれが好きだった。行く行くは名人の教えを乞い、船を新造する船大工になりたいとも思っていた。

　ただ、船匠になると、一つの望みを諦めなければいけなかった。

　女だ。

　アルワラ族の間では、女を選ぶ権利があるのは戦士だけだ。戦士が女を欲したら、他の者はあきらめねばならない。女たち自身も、憧れと打算の両方から、獲物を勝ち取ってくる戦士に近づこうとする。匠《たくみ》は戦士たちから食べ物をわけてもらう分、いくらか劣った身分だとみなされていた。

　ク・プッサは、女たちにも戦士たちにも目もくれず、仲間の船匠とともに、大樹を焼いてくりぬいた戦艦に上がり、帆を吊るす索具や、船の横に突き出した副胴に異常がないか調べ始めた。

槌音《つちおと》が響き始めたが、ク・プッサの優れた耳は、船の外のざわめきを捉えた。

「ホンアプレが反乱？」

ク・プッサは手を止めて、顔を上げた。戦艦の舳先《へさき》に群がっている戦士たちの中で、船長階級《クアエ》にある、白髭を蓄えたトクトワが、けわしい顔でうなずいた。

「そうだ。ホンアプレの族長クラデレクは盟約をたがえた。日月《じつげつ》の巡る限り、我らアルワラと、オセオセ、トゥンカトゥ、アウェネーの、すべての一族の敵となった」

「なぜなの」「それは本当か？」

「本当だとも。見ろ、これを！」

別の船にいた数人の戦士たちが、船底から何かを抱え上げた。女たちや、遅れてやってきた年寄りが息を呑んだ。

それは上半身が焼けて赤剝《あかむ》けになった死体だった。島でよく作る、豚の蒸し焼きのような姿に、あちこちから悲鳴が上がった。

「ホンアプレの卑怯な行いにより、戦士が一人死んだのだ！」

皆は顔を見合わせてざわめいた。アルワラが盟約によって今の立場を獲得して以来、数十年間、このようなことは絶えてなかった。みな、動揺していた。

ク・プッサも驚いていた。ホンアプレは、盟約に加わった中ではかなり有力な部族だ。その島はとても近い。カヌーで二日とかからないところにある。

それが反乱を起こしたとなると、大きな戦《いくさ》になるだろう。

しかし、なぜそんなことを？　ホンアプレはアルワラに服従してからもう長い。彼我《ひが》の力の差は十分知っているはずだ。

疑問に思うク・プッサの耳に、トクトワの厳しい命令が届いた。

「アルワラの男と女よ、ホンアプレは敵となった。ホンアプレの血を引く者を捕らえよ！」

その場にいた百人ほどのうち、一割ほどがうろたえて逃げ出そうとした。それを周りの者が押さえつけた。戦となれば血族とともに戦うのが、南海の民の習いだ。捕らえられるのは仕方のないことだった。

ク・プッサは、舷側から降りて船の影に隠れようとしたところで、声をかけられた。

「待ちな、ク・プッサ！　おまえんとこの婆あはホンアプレの人間だったな」

振り返ると、戦士の一人であるノワクが、取り巻きのオリデやバァモとともに立っていた。弱いものいじめの好きな、嫌なやつだ。ク・プッサは内心で舌打ちする。

「婆ちゃんじゃない。ひい婆ちゃんがホンアプレから来たんだ」

「どっちだっていっしょだ。来な、『潔白の家』に入れてやる」

ク・プッサはうつむいたまま、いかにも気力をなくしたかのように、だらりと突っ立っていた。

次の瞬間、砂を蹴って走り出した。森に入って石切り場まで逃げれば、謹慎を免れることができる。元の部族と内通するおそれがなくなるからだ。

「逃がすな！」

ノワクたちが走ってきた。ク・プッサはたちまち追いつかれ、砂の上に押し倒された。逃げようともがくと、頬を二、三発殴られた。

「手こずらせやがって」

ノワクが顔の前に来て、砂を蹴って浴びせた。ク・プッサは唇を嚙んで耐えた。

その時、少女の張りのある声がかけられた。

「やめなさいよ、ノワク！」

それを聞いた途端、ク・プッサは怒鳴りたくなった。やめろ、こっちへ来るな、見ないでくれ……。

砂を踏む足音がして、桜貝の飾り環《わ》をかけた細い足首が見えた。ク・プッサは顔を上げた。

アウェネー族独特の、透けるような肩布を身に着けたラヴカが、膨らみかけの胸を堂々と張って、ノワクと向き合っていた。

しかも彼女の隣には、もう一人、ク・プッサが一番嫌いな男までいた。

「大丈夫か、ク・プッサ」

長身で、引き締まった見事な手足を持つ、目つきの鋭い青年が、ク・プッサの隣に屈みこんだ。その胸元には、磨いた珊瑚を連ねた戦士の首飾りが揺れている。

彼はノワクを見上げて、静かに言う。

「そこをどけ。こいつは俺の友達だ」

「うるせえな、すっこんでろよ、カカプア。こいつが敵の血筋なのは間違いないんだ」

ノワクと取り巻きが槍を向けたが、カカプアは臆せずに見つめ返していた。その岩のように静かな態度が、ク・プッサの癪《しゃく》にさわった。

――この野郎、格好つけやがって……。

カカプアは船長階級《クアエ》の父を持つ青年で、昨年の「戦士の駆け足」を一番に走り抜けた勇者だ。しかもその折には、浅瀬で二匹のサメの目を突いて仕留め、早瀬の入り江では溺れかけた仲間を岸までひきずってきて助けた。勇猛で優しく、航海術にも長《た》けている。きっと素晴らしい船長《クアエ》になると、評判の若者だ。娘たちの多くに慕われている。

ラヴカがはじけるような口調で言う。

「それを言うなら、あたしの母さんだってホンアプレ族よ。つい先月にも会ってきたわ。ク・プッサより先にあたしを連れて行くのが筋じゃない？」

挑戦的な彼女の言葉に、ノワクたちがひるんだ。ラヴカは、アウェネー族の男がホンアプレ島の女に産ませた子供だ。そのアウェネーは、アルワラ族にとってもっとも重要な盟約族なのだ。その機嫌を損ねるようなことは絶対してはならないと、一族最高位の大船長《グ・クアエ》から厳しく申し渡されていた。

ノワクは凶暴な目つきでラヴカとカカプアをにらんでいた。彼の槍の先が、じりじりと上がっていった。カカプアが目を細め、立ち上がろうとした。

その時、船長トクトワの声が響いた。

「戦士たちよ、神殿に集まれ。会議を催すぞ！」

「……お呼びがかかった。今度にしてやる」

ノワクは槍を引き、取り巻きを連れて去っていった。ずっと背中を押さえられていたク・プッサは、勢いよく息を吸って、砂を喉に入れてしまった。激しく咳き込む。

ラヴカがそばにしゃがんで、背に手を当ててくれた。

「大丈夫？　ク・プッサ。あいつらに近づいちゃだめよ」

「逃げるぐらいなら俺を呼べよ、な」

殴られた頬にラヴカの手が当たり、ほのかな温かみをくれた。打撲の痛みが溶けるように消えていった。優しい彼女は、アウェネーの次の大巫女になるだろうと言われていた。

「ほら、もう治った」

優しい声をかけられると、耐えられないほど胸が痛くなってきた。ク・プッサは立ち上がった。するとカカプアも立って、肩に手をかけてきた。

「なあ、俺はおまえが好きなんだ。おまえが帆綱を張ってくれた船は、本当によく走る。今度から、いっしょの船に乗ってくれないか」

「……俺は、戦士じゃないから」

肩の手を外して、ク・プッサは二人に背を向け、船によじ登った。しかしいかにも恩知らずに思えたので、途中で振り向いて、言った。

「船、見ておくから。行きな」

「ありがとう、あんたっていい人ね、ク・プッサ！」

ラヴカの嬉しげな声を聞いて、ク・プッサは船の中に顔を隠した。

なんでおまえが船のことで礼なんか言うんだ、と胸の中でつぶやきながら。

空《ナン》と海の間《マトル》の地にアルワラの人々が集まりつつあった。船大工に言われて、結局ク・プッサたちも、会議を見に来ていた。

召集の一声で千人を越える人々が集まる部族は、南海ではアルワラだけだ。空《ナン》と海の間《マ》の地《トル》の名で呼ばれる巨大な神殿も、アルワラの民が自力で築いたものだ。

陸に接する礁湖の浅瀬に、丘から切ってきた玄武岩の巨石を双胴カヌーで並べて、縦横百歩に達する枠を作った。その後、枠の中にサンゴの砂を敷き詰めて、何万本もの石柱を寝かせて、人の背丈の五倍ほどまで積み上げ、舞台を作って建物を建てた。

何代もの大船長《グ・クアエ》にわたる、気長な事業だった。そんなことができる部族はアルワラしかない。今ではナン・マトルがこの村の代名詞にすらなった。

今日のように、何かあって戦士と男たちが勢ぞろいするたびに、ク・プッサは自分たちの部族の偉大さを意識してしまうのだった。

スコールと太陽の光が降る限り、アルワラのカヌーに行けないところはない。

マングローブの生い茂るポナペ島のアルワラ族は、口伝を信じるならば、五百年も前に南海の島々をカヌーで渡ってきた。優れた航海技術と高い戦闘能力で勢力範囲を広げ、西は黒い肌の人々の住む獣の大陸まで赴き、東は赤い肌の人々の住む氷の峰々までも到達した。

アルワラは極めて高い武力で周辺の諸族を支配した。地理的に近いホンアプレ島やウイワイ島では、族長以外の支配階級の人間を粛清し、神官を送り込んで、しっかりと権力を握った。そういった島々は、すっかりアルワラに従属するようになった。それを知った諸族は同じように支配されることを恐れ、進んで協力した。

貝を使った独特の記録方法を持ち、諸族の取引を一手に担う貿易民族オセオセ。

アルワラよりも石造建築の技に秀《ひい》で、山をも動かすと豪語する建造民族トゥンカトゥ。

驚異的な魔法医を擁する祭祀《さいし》民族アウェネー。

こういった人々は、自らの船と力を捨てて、アルワラに奉仕するようになった。今では互いに不可欠な共同体となっている。

それらを束ねる象徴が、この巨石の神殿であり、今、人々の前に立った第五十二代大船《グ・クア》長《エ》、ナーン・サプウェなのだった。

すでに早舟でトクトワの報告を受けていたらしい。神官たちを背にしたナーン・サプウェが、朗々たる大声で呼びかけた。

「愛《いと》しい血族と盟約の諸族よ、腹を据え、耳を澄ませてほしい。二日前、わが頼もしき沈着な船長《クアエ》、トクトワの船団が、悲しむべき目に遭った。われわれの忠実な友、ホンアプレの島で、深みから立ち上がる大波を受けたのだ！」

奇襲を食らった、という意味の言葉を聞いて、人々が驚きの声をあげた。

ナーン・サプウェは、襲撃のありさまを詳細に描写していった。ホンアプレの人々が宣戦を表す警告の雄叫《おたけ》びを送ってこず、いつも通りに篝火《かがりび》を焚《た》いて船団を迎えたこと。その直後に、浜から奇怪な飛び道具を撃ってきたこと。舳先にいた見張りが焼かれて死んだこと。トクトワがとっさの判断で命令し、皆を海に飛び込ませたこと。そのまま船を曳いて外洋に出たので、飛び道具を避けられたこと。

ホンアプレの卑怯な振る舞いに皆は驚き怒り、死人が出たと聞くと、悲痛なうめき声を上げた。トクトワが落ち着いて指示を出した下りでは、手を叩いて喝采した。

末席のク・プッサは、やや冷静に感心していた。ナーン・サプウェの話しぶりの巧みなこと、まるでその場にいたかのようだ。これが大船長《グ・クアエ》の風格というものなのだろう。

ナーン・サプウェは最後に、このようなホンアプレの行いは、太陽と雨の神にかけて許されるべきではないこと、敵の族長クラデレクに制裁の手を下すのはアルワラの諸族に与えられた聖なる義務であることを説いて、演説を終えた。彼が腰を下ろす前から、群集は足元の岩をガッガッと叩いて、熱狂的な叫びを上げていた。

それから数日の間、アルワラの本拠地であるポナペ島では、着々と戦の準備が進められた。足の速い小型艇を駆る物見が何人も送り出され、バナナやヤシの実などの食料が大量に集められた。

ク・プッサは港の浜で、トゥンカトゥ族の船大工に従って、新しい戦船を艤装する仕事に精を出していた。女たちが織った亜麻の帆布を、蔦縄をしっかりと張り巡らせて支える。

船底で作業をしていると、浮かれた感じの活発な足音が近づいてきた。それは戦士のノワクたちで、船を覗き込んで、「櫂《かい》も握れないくせに、縄だけは一人前に引っ張れるんだな」とからかった。ク・プッサは無視した。

この連中には何を言われても、たいして気にならなかった。

だが、それよりずっと落ち着いた静かな足音が近づいてくると、ク・プッサの心は乱れた。

「ク・プッサ。踊りを見に行かないか」

浅黒い顔を船縁《ふなべり》に覗かせて、カカプアが言った。「忙しいから……」とク・プッサは顔をそらす。

「そう言うなって。ラヴカがずっと踊ってるんだ。差し入れにでも行ってやらなきゃ、可哀想だろう」

だから行きたくないんだと思ったが、カカプアがずっと興味深そうに自分の手元を見ているので、身が入らなくなった。仕方なく、道具を置いてうなずいた。

「わかった」

「そうか！　行こうぜ」

ニッ、と白い歯を見せてカカプアが微笑んだ。

船大工の許しを得ると、二人は並んで神殿のほうへ向かった。若い女とすれ違う都度、彼女らが振り向くのをク・プッサは意識した。

「みんなおまえを見てるぜ」

「なぜ？」

ク・プッサが指摘しても、カカプアは気づいていないようだった。いつもそうなのだ。この男を見ていると、「雨季に真水をほしがる者はいない」という古いことわざを、ク・

プッサは思い浮かべるのだった。

——俺はいつも乾季だ。

「やあ、踊ってる」

沖にある神殿では、楽士の音色に合わせて、アウェネーの若い魔法医見習いたちが、寝ずの舞踏を続けていた。戦が決まると出陣の日まで、そうやってほぼ水を飲むだけで踊らなければいけない決まりなのだ。

戦の準備がもたついて遅れれば、倒れる娘や死ぬ娘も出てくる。みな、いやでも張り切るという寸法だった。

二人は浅瀬を歩いて神殿のふもとへ向かった。そばに寄ると、神殿は小山のような大きさだ。舞踏期間中は、男がそこへ登ることは禁じられている。

舞台の上に取次ぎの娘がいて、ラヴカを呼んでくれた。間もなく、汗びっしょりになったラヴカが階段を下りてきた。若さの匂い立つような半裸の娘の姿に、二人はちょっと目をそらした。

カカプアが言う。

「そろそろ休みの時間だと思ってさ」

「ええ。時計の影が、四の刻に入ったから」

「これ」

カカプアが隠し持ってきた竹筒を差し出すと、ラヴカはごくりと喉を鳴らしたが、にじるように後ずさった。

「まだ、だめ、だから」

「気にするな、どうせみんな隠れて飲んでるんだ。おまえだけ馬鹿正直に決まりを守ってたら、死んじまうぞ」

「でも」

「ラヴカ」

ためらう少女を抱き寄せ、カカプアは竹筒を唇に押し付けた。一瞬、可憐な顔が歪んだ。罪の意識に苛《さいな》まれたのか、厳しいしきたりに嫌気がさしたのか。

誘惑が勝った。薄く唇を開けると、最初のひと口で抑制の糸が途切れたらしく、ごくごくとむさぼるように飲み干した。

飲み終わると竹筒を押し付けるように返して、ラヴカは背を向けた。

「おい、もう行くのか？　もっと休んでいけよ！」

「ズル、しちゃったから」

足早に階段を登っていく。

その後姿に、ク・プッサは勇気を出して声をかけた。

「ラヴカ」

少女が振り向く。ク・プッサは駆け寄り、隠し持っていた指ほどの長さの木の根を差し出した。

「エキの根」

嚙むと頭がすっきりして力の湧く魔法薬の一種だ。少女は驚いたような顔をしたが、にっこり笑ってそれを受け取り、腰布に挟んで持っていった。

ク・プッサとカカプアは、神殿を見晴らす浜に戻った。トン、トンカトン、と鳴る軽快な打楽器の音に合わせて、少女たちが潮流にたゆたう海草のように、ゆっくりと体を左右に揺らしている。

二人で並んで座ってそれを見ていると、カカプアが唐突に言った。

「乗れよ、ク・プッサ」

「ええ？」

「俺の船に。この際はっきりした返事がほしい」

ク・プッサは驚いた。てっきり社交辞令だと思っていたからだ。本当に船に乗せるとなると、命に関わってくる。冗談ごとではすまない。

嬉しさが湧いてきたが、とっさにはきちんとした返事にならず、ク・プッサは問い返した。

「なぜそんなに俺を？」

「腕を見込んだと言ってるだろう。おまえは本当は、いい船乗りになれると思う。船長《ク》階《ア》級《エ》の資格もあるしな」

　血筋のことを言われて、ク・プッサは少しひるんだ。

　ク・プッサの祖父は、大船長《グ・クアエ》のナーン・サプウェなのである。彼を持ち出して比較されると、自分はとても卑小になってしまう。さらに恥ずかしいことに、ク・プッサの祖母に当たる人は、ホンアプレから人質として献上された女だった。そんな自分に期待しないでくれ、と叫びたくなる。

　だが、生まれつき体格がよく人望もあるカカプアには、ク・プッサのそんな屈託はわからないようだった。「乗るのか、乗らないのか」と迫ってくる。

　アルワラの男にとって、船に乗れと言われるのはこの上ない名誉だ。それを断れば、臆病者の烙印を押されてしまう。これは「戦士の駆け足」で挽回できるようなものではない。

「わかった、乗るよ」

　ク・プッサには、そう答えるしかなかった。

　二日後、快速の物見が次々と戻ってきて、敵に動きがないことを告げた。

　それまでに、ホンアプレから謝罪の使者はなかった。

　出陣式が行われた。五百名もの戦士たちが浜に並び、ナーン・サプウェが勇壮な演説を行った。アウェネーの魔法医が、腕を切って血を流し、その血で戦士たちに魔除けの印を描いた。

トクトワの船に来たのは、ラヴカたちだった。カカプアとク・プッサは彼女の祝福を受けた。

「頑張って、クラデレクを正気に戻してやってね」

連日の踊りで疲れ果てたうえ、血を抜いたせいで、幽霊のように青白い顔をしたラヴカが、微笑んだ。

彼女たちには、さらにまた、戦士たちが帰るまでの祈禱という大役が残っている。カカプアが思いを込めた手つきで、そっと彼女の腕に触れた。

「水底《みなぞこ》なるカーニムェイソの門は開いた。行くぞ！」

遠征隊長のトクトワが、死者を迎え入れるという海底の神聖都市の名を挙げ、出陣を告げた。

「おおっ！」

ク・プッサは、浜に並んだ船の下に戦士たちとともに入り、初めてその重みを肩に感じながら、水面へ押し出した。

2

黒い水の上、黒いほど青い空の下《ナン・マトル》を、熱い風を受けて船団はひた走った。

頭上には、まるで白い巨岩を彫って作り上げたかのような、くっきりした積乱雲がいくつもそびえていた。

戦士でないク・プッサは、馬鹿にされ、からかわれ、食料を盗まれたり、排泄の邪魔をされたりと、嫌がらせを受けた。カカプアがいさめるとその時は収まるのだが、彼が目を離すと、またひっきりなしのちょっかいが始まった。

ク・プッサは、泣きごとを漏らさなかった。歯を食いしばって耐えた。耐える力の基となっているのは、自分でも滑稽だったが、ラヴカの笑顔だった。他人の恋人だとわかっていても、あのように笑ってくれた女には、恥ずかしい話を聞かせたくなかった。

そして船の横に突き出した副胴の上に立ち――そこが一番、他人の手が届かなかった――遠くを見て、耳を澄ませた。

耳のいいク・プッサには、風の音、波の音は無論のこと、石投げいくつ分も離れた海面で、トビウオの群れが跳躍を繰り返す軽やかな音や、クジラが息をつくときの、震えるような長い呼吸音もよく聞こえた。が、それにたいした意味があるとは思えなかった。海で物を言うのは、やはり目だ。

アルワラの船乗りは遠目の力で海を渡る。水平線上のちょっとした雲や、高空を渡る鳥の群れ、夜ならば月や星などが、航海の道しるべとなる。そういったものは、たとえ何もない大洋の真ん中であっても、必ず何かしら目に付くものだ。

また、味や匂いも重要だった。海の真ん中の水は辛いが、陸が近いときは真水が混ざり、若干味が変わる。花や川の匂いは、水平線の向こうからでもわかるものだ。流れくる流木や、舳先にとまる昆虫さえも、位置と方向を把握する手がかりになった。

腕利きの船乗りが備えているのは、そういった兆候を巧みに読み取る能力だった。

ところがク・プッサが持っているらしいのは、そのいずれでもなかった。海上ではもっとも頼りにならない、音の感覚だった。

——しょせん俺は、船乗りになりきれないのかもな。

自嘲を抱いて、ク・プッサは南海のぬるい水に肌を浸していった。

毎日昼過ぎには、頭を叩き骨まで揺るがすほど激しい、時雨《スコール》が降った。真っ黒で低い雲が突然運んでくるもので、それが起こると、石ふた投げしか離れていない仲間の船すら、水煙にまぎれて見えなくなった。あたりの空間は水と水がはじける湿った音と、船に水がはじける甲高い音で埋め尽くされた。

その後は必ず、乾いた涼しい風が吹いた。男たちは帆を広げて受け止めた水をたらふく飲み、晴れ晴れとした顔を見合わせるのだった。

二日の航海では、そんな時間はすぐに過ぎた。

二日目の昼過ぎ、船団は小さな火山島であるホンアプレ島に近づいた。堡礁の切れ目から浅瀬へ入る前に、各船の見張りがカヌーの帆柱によじ登り、見えたものを口々に報告しあった。

「船はあるか？」

「ある！　ホンアプレはまだ海に出ていない！」

よい兆候だった。敵の戦士たちが出かけていると、別の島でいらぬ被害が生じるおそれがある。

このような場合、アルワラの船団が取る行動は、上陸と制圧に決まっていた。

船団は堤防のようにそびえたつ珊瑚礁の合間を抜けて、礁湖に入った。外洋の激しい波が嘘のように消え、空気のように透き通った静穏極まりない水面が迎えた。

マングローブに囲まれたホンアプレの村に、動きはないようだ。船はどれも浜に引き上げられている。

渡された槍を手に持ち、緊張しながら見つめていたク・プッサは、ふと眼下に目をやった。

紺色の、奇妙な形をした大きな生き物が、ゆっくりとカヌーの下をくぐっていった。

――烏賊《イカ》？　いや、あんな色の烏賊は……。

改めてあたりを見回し、ク・プッサはなぜとはなしに戦慄を覚えた。

礁湖のあちこちに、その奇妙な生き物の仲間と思《おぼ》しき紺色が見えているのだ。

「船長《クアェ》！」

ク・プッサは叫んだが、それより半瞬早く、陸上からの叫びが届いていた。

「アルワラの者たちよ、わざわざ海を渡っての来訪、ご苦労！」

村の浜から突き出した桟橋に、一人の長身の男が立っていた。アウェネー族のものほど華麗ではないが、薄手の肩布をまとい、きらびやかな貝と石の首飾りをしている。高位の神官、いや、統治者の衣装だ。

トクトワが舳先に立って、怒鳴った。

「クラデレク、おまえの悪行の償いをさせに来た！　あれからすでに幾度も日月が巡り、謝罪の機会は過ぎ去った。われわれに捕らえられた後、詫びるがいい！」

「トクトワか。それはこちらの言うことだ。われわれはアルワラに海を握られるのに、飽き飽きしたのだ。今すぐに朝と夜の海を明け渡し、すべての船を燃やすと誓え。そうすれば、命ばかりは助けてやろう！」

傲慢極まりない物言いに、アルワラの戦士たちから怒りの唸りが湧き起こった。

船団はすでに、浜まで石ふた投げの距離まで近づいていた。トクトワが槍をつかみながら、叫んだ。

「その返事、カーニムェイソで悔いるがいい！」

肩に筋肉を盛り上がらせて槍を投擲《とうてき》した。すでに白髭になるほど老いているとはいえ、年季の入った戦士の豪腕は、その槍を奇跡のように桟橋まで届かせた。

ドカッ、と木槍がクラデレクのすぐ脇に突き立った。戦士たちが歓声を上げる。

その声が、クラデレクの眼差しを受けて、尻すぼみに消えた。

「警告は――したぞ！」

その途端、信じられないことが起こった。

森の中から何本もの奇怪な赤い光が閃き、船の帆を照らしたのだ。五つも数えないうちにボッと音が上がり、帆はめらめらと燃え上がり始めた。

「なに⁉」

「よく見ておけ、これが我らの力だ！」

稲妻のような鋭い光の槍が立て続けに閃き、船の帆を燃やし尽くした。蔦縄がちぎれ、燃え盛る帆布が落ちてきた。

ク・プッサは、敵が船の動力を殺そうとしているのだと気づいた。足を止めてからなぶり殺しにするつもりだ。

未熟なク・プッサが察したぐらいだから、トクトワも当然それを見抜いた。前回それを食らったときから、作戦を練っていたのかもしれない。各船に声をかけた。

「飛び込め。飛び込んで、岸へ泳ぎ着け！」

戦士たちがいっせいに海へ飛び込んだ。ク・プッサの船からも、カカプアやノワクたちが飛び込んでいった。ク・プッサも半ば勢いで、半ば稲妻から逃れるために飛び込もうとしたが、そのとき、トクトワに声をかけられた。

「細いのは船を守っていろ！」

言い返そうとしたときには、トクトワも飛び込んで、岸へ向かっていた。ク・プッサは燃える帆を切り落として捨てると、船底に貼りつくほど身を低くして、彼らを見守った。

槍を担いだ五百人近い戦士たちが、抜き手を切って岸辺へ向かうさまは、壮観だった。海面が彼らの水しぶきで覆い尽くされている。赤い光が彼らへと狙いを変えたが、散開しているためにほとんど当たらない。

ホンアプレ島の戦士は百人に届かなかったはずだ。森の中からこれを見て、浮き足立っているだろう。

ク・プッサはつかの間、ホンアプレ島の人々を哀れんだ。彼らも馬鹿な挑発をしたものだ。おとなしくアルワラに従っていれば、多少の貢物と人質を差し出すだけで済んだのに……。

「助けて——」

戦士たちの間から悲鳴が聞こえたような気がした。そちらを見たが、攻撃を受けた様子はない。ク・プッサは眉をひそめた。空耳だろうか？

いや、違う。確かに悲鳴だった。

敵がいるとも思えないのに、アルワラの戦士が、すぽり、すぽりと海中へ引きずり込まれていた。力泳している仲間たちは気づいていない。とっさにク・プッサは船縁を水桶でガンガンと叩いて、叫んだ。

「気をつけろ！　水の中に何かいるぞ！」

サメなどが接近した時には、そうやって警告する習いだ。戦士たちはたちまち反応し、槍を構えて周囲に目を配った。皆の蹴立てるしぶきが収まった。船上に残った少数の者は、戦士たちの周りに数多くの紺色の色彩が集まっていることに気づいた。

――あの烏賊だ！

奇怪な生物が、戦士たちの足に触手を絡めて、一人ずつ引きずり込んでいた。波間に目を凝らすと、紺色のものに恐ろしい勢いで引きずられていく人型が見えた。あまりに強く引かれるためか、途中で折れたり形が変わったりしていく姿もあった。一見、静かな光景だったが、それが表す意味は残酷だった。

戦士たちは、まだ冷静だった。海からの脅威には慣れている。仲間が引かれても動揺せず、紺色の影を捉えて、声も発せず槍を突き込んだ。二、三体が仕留められて、浮き上がってきた。

だが、その程度では埒《らち》が明かなかった。烏賊の数は多く、その動きは度外れて速かった。

人の頭が消えていく頻度は、一向に落ちなかった。小太りのオリデも消えた。兄貴分のノワクが呆然としているのが見えた。

皆の顔に、次第に焦りと恐怖が浮き始める。

まずい、とク・プッサは櫂を手に取り、漕ぎ始めた。だが、五十人以上の男が乗っていた大きな船だから、一人の力では大して進まない。

「うおっ！」

太い叫びが上がった。トクトワだった。ついに彼にも烏賊が襲いかかったらしい。だが、さすがにアルワラの戦士たちは、船長《クアエ》の彼をむざと渡しはしなかった。彼が叫んだ途端に前後左右から腕を伸ばして引きとめ、別の男たちが彼の真下へ何度も槍を突き込んだ。

下から引かれ、上で支えられて、トクトワの顔がたちまち真っ赤になった。食いしばった歯の間からうめき声が漏れる。

「ぐうう……！」

「トクトワ！」「船長《クアエ》」

周りの者が必死に呼びかけた。左右を見た彼が、何か言おうとした。

「岸へ――」

ぐいっ、と猛烈な力が彼を海中へ引き込んだ。支えていた男たちがこらえきれずに手を離すと、五、六匹もの烏賊に下半身を覆い尽くされたトクトワが、浅い礁湖の中を飛ぶように引きずられていくのが見えた。

それが、崩壊の引き金になった。

「逃げろ！」

戦士たちがわっとばかりに散らばり、それぞれが安全だと考える方向へ、死に物狂いで泳ぎ始めた。そこへ、しばらくのあいだ途絶えていた赤い稲妻が、再び矢継ぎ早に降ってきた。

ク・プッサは彼らの中に船を乗り入れて助けようとしたが、船に稲妻の直撃を食らった。帆柱が燃え、積んであった食料や道具の籠にまで火が移ったので、船上にいられなくなった。しかし、烏賊に食われるから水には降りられない。

ク・プッサは、船の副胴へと這い出した。それは早い話、細く削っただけの一本の丸太だ。工作用の石の刃で結び縄を切って、本船から離す。それに捕まって、なるべく水中に足を落とさないようにした。

幸運にも、烏賊は近づいてこなかった。流木の類《たぐい》だと思われたらしい。ク・プッサは力を得て、叫んだ。

「みんな、丸太につかまれ！　水の中に足を落とすな！」

声を聞きつける余裕のある者が、次々と真似をして、副胴や落ちてきた帆桁につかまった。カカプアが同じようにするのを、ク・プッサは視界の端に捉えた。

「助けてくれ！」

燃える帆布に絡みつかれて、誰かが水面でもがいていた。ク・プッサが布を払ってやると、それはノワクだった。ノワクは目を押さえながら副胴にしがみついた。その様子はとても無力で、幼児のようだった。

今ならこいつをたやすく水に沈めてやれる。——ク・プッサはそう思って、ノワクをにらんだ。ノワクが目を開けてこちらを見た。ク・プッサは、はっと自分の邪心に気づき、目を逸らした。

周りを見回すと、惨憺たる光景が広がっていた。

礁湖には多くの戦士たちが浮いていた。その多くが、烏賊に引きずり込まれて溺死した死体だった。岸に近づくものには、森からの稲妻が襲いかかった。顔を焼かれたバァモが狂ったように叫んでいるのが見えた。

五百人もの戦士たちを運んできたアルワラの船団も、ほとんど焼かれるか壊れるかして、使い物にならなくなりつつあった。負傷したものの泣き声や、助けを求める叫びが交錯していた。礁湖の一面に、死と煙と敗北が蔓延していた。

——まるで、大津波を食らったみたいだ。

ク・プッサは信じられない思いだった。ついさっきまで、どんな部族にも負けないと思われていたアルワラの戦士たちが、このような無残な敗北をさらすとは……。

すぐそばにカカプアがやってきて叫んだ。

「一度外洋に出るぞ！」

ほんの一握りの男たちが、頭上を乱舞する光と、水中で暴れる怪物の間で、生還への水路を進んでいった。

堡礁の切れ目からは、強力な波がひっきりなしに打ち付けていた。入るときはそのおかげで楽に入れたが、出るのは極めて難しかった。ク・プッサたちは摑まってきた副胴を礁湖の底に突いて、波が引いた隙に外へ出ようとした。そのたびに見上げるような青い大波が打ちつけ、木の葉のように翻弄された。

何度目かの挑戦で、揉みくちゃにされながらも外洋へ出た。海の色が一気に濃くなり、味が変わる。やった、とク・プッサは思った。

だが、考えが甘かった。押し寄せては沸き返る強烈な波が、ク・プッサを持ち上げ、堡礁に叩きつけようとした。それは早い話が、凶悪な棘がいっぱいに生えた石灰岩の堤防だ。アルワラのどんな男でも、堡礁に船を寄せてはいけないと、三つ子のころから言い聞かされている。

波に揉まれ、迫る堤防の気配を、ク・プッサは間近に感じた。このまま叩きつけられ、古い流木のようにばらばらにされてしまうのか、と思った。

――ラヴカ……。

「うおっと、今度は小さいのがかかったぞ」

奇妙な人声とともに、強靭な腕がク・プッサを抱えて、水から救い上げた。わけがわからず呆然としているうち、乾いた筒のような空間に放り込まれ、下へ落とされた。触れたこともないほど柔らかい葉か布のようなものが敷いてあり、激突を免れた。そこには先に助けられた男たちが、同じようにぽかんとへたり込んでおり、ク・プッサの後からも、カカプアやノワクたちが放り込まれてきた。

そのほとんどが、動きの素早い若者ばかりだった。

「リーフから逃げ出せたのはこれだけのようだな。潜行してくれ！」

声がして、頭上でバタンと何かが閉じ、体にぴったりした黒い衣装を、首から膝まで身に着けた人間が降りてきた。

ク・プッサは驚きに打たれて相手を見つめた。アルワラのどんな戦士よりも高い背丈。一倍半はありそうながっしりした肩。丸太のように太い二の腕と太腿。

何よりも驚いたのは、その白い肌と、濃い金の体毛、巻き毛の頭髪、それに髭だった。褐色の肌と黒い髪を持つアルワラ族とはまるで違っていた。

「あんたは……」

見上げるク・プッサに向かって、その男はにやりと笑って言った。

「ナン・マドールの先住民諸君だな？　君らを助けに来た。メッセンジャー・アレクサンドルだ。よろしく頼む」

3

それからしばらくの成り行きは、ク・プッサにとって白昼夢のようだった。

アレクサンドル、と名乗った大男のほか数人が、室内にある光る窓を囲んで、静かに相談しあった。ク・プッサの感覚では、ここは海面より下のはずなのに、窓の外はなぜか海上だった。そばへ行って覗いた。アレクサンドルが振り向いた。

「ん、興味があるのか。これは俺たちの蜂が送ってくる映像だよ」

知らない言葉だった。ク・プッサは窓の景色を眺め続けた。窓からはホンアプレ島が見えており、赤い稲妻と、青い稲妻が交錯していた。どちらもやむ気配はなかった。

その窓にちらりと、堡礁の岩に打ち上げられた死体が映った。それは上半身だけだったが、豊かな白髭のおかげで、素性がわかった。

「ああ……トクトワ」

戦いに出た戦士は、家に帰ってから泣く決まりだ。ク・プッサは涙を堪《こら》えた。トクトワは厳しいが公平な船長《クアェ》だった。ク・プッサの船匠としての腕を気に入っており、時々無言で釣った魚をくれた。

「親しい人か」

アレクサンドルが、今度はアルワラの言葉で言った。見上げると、耳のあたりをかくような仕草をしていた。じきにこちらを向いて、やや訛《なま》ってはいるが意味のわかる言葉で言った。

「すまんな、君らの攻撃を引き留めるつもりだったが、間に合わなかった」

「あんたたちは……？」

「連中を倒しに来たんだ。the Enemy of the Terra、ＥＴを」

「ＥＴ？」

「人を襲う邪悪な怪物だ。卵の形で訪れ、あらゆるものを食って増える」

アレクサンドルの後ろで、椅子に腰掛けて別の窓を見つめていた男が言った。

「だめだ、やはり蜂では島に近づけん。この艇に対地攻撃兵器はないのか？」

アレクサンドルがそちらを向いて答えた。

「そんなものあるか。こいつはただの連絡用の可潜艇《サブシーブル》だ」

「近くに友軍は……」

「群信号検出用のバルーンぐらいだな。成層圏を流れてる。それ以上の道具がほしいなら、四千キロ離れたカカドゥ・デポまで行かないと」

「カッティ、有効なオプションは？」

「退避を推奨。弾道弾で島ごと焼き払うのがもっとも迅速で確実です」

その場にいない女の声が、ぎょっとするようなことを言った。ク・プッサはあわてて口を挟んだ。

「ホンアプレを燃やすのか？」

「ああ、ちょっと黙っててくれな。大事な話の最中だから……」

「ホンアプレを燃やしてはだめだ。あそこには人がいる」

アレクサンドルがこちらを向き、かがみこんで視線を合わせた。

「聞け、坊や。あの島の人間は、もう死んでしまった。あの恐ろしい怪物たちに、食べられてしまったんだ。だから俺たちは、これ以上の被害が出ないうちに、怪物を確実に倒さなければならないんだ」

落ち着いた、心に染み入るような語りだった。ク・プッサは、言い負かされそうになった。

そのとき隣に誰かが並んで、ク・プッサの肩を抱いた。カカプアだった。

「嘘だ。俺たちは見たぞ。ホンアプレの桟橋で、クラデレクが宣戦したところを」

「なんだって？」

アレクサンドルや他の男たちが、カカプアに注目した。

「人が生きていたのか」

「生きていたどころじゃない。俺たちはクラデレクに襲われたんだ。あいつの命令で、赤い稲妻が降り、見たことのない大烏賊が襲ってきた。悪いのはあいつだ」

「いや、でもラヴカの母さんや、婆さんは悪くないはずだ」

ク・プッサは急いで付け加えた。

「どういうことだ……？」

男たちは顔を見合わせた。アレクサンドルよりやや小柄な――それでも、亡きトクトワよりも立派な体格をした――男が、険しい顔で言った。

「現地人……ホンアプレ族と、ETが手を組んだということか」

「そんなばかな、O《オー》。それは不可能だ。それに意味がない」

「意味はあるさ、ETにとってはな。連中は海を渡れない。こんな絶海の孤島に時間遡行してしまって――おそらくなんらかのミスだろうが――脱出の手段を必死に探していたはずだ。そのときたまたま近くに利用できるものがあったら、それをためらう理由はないだろう」

「ETが人間を利用したと？　そんな前例はないぞ！」

「人間か、汽水の生物か。どちらを利用したのかはわからんが、礁湖にいたあの烏賊のようなユニットは、確かに記録にない代物だった。あの調子で連中が自らの体を改変し続けたら、私たちの手に負えなくなる。早急に根絶するに越したことはない」

「しかし、ホンアプレ族はどうする。ETもろとも滅ぼしてしまえってのか？」

アレクサンドルが気色ばんで言った。

「俺は反対だ。女子供を含む集団を滅ぼしてしまうなんて。なあ、ホンアプレには女子供もいたんだろう？」

不意に水を向けられて、ク・プッサはうろたえた。カカプアが代わりにうなずいた。

「いたさ。ホンアプレ族全員で二百四十と四十人いたから、子供だけでも八十と二十人はくだらなかったと思う」

「だそうだ。O、それを全部巻き添えにする気か」

アレクサンドルと、オーと呼ばれた男の間で、つかの間、緊張をはらんだにらみ合いがあった。

それを仲裁したのは、女の声だった。

「情報が不足しています。ホンアプレ島に生き残りがいるのか、いないのか、確認せずに議論しても無意味です」

「確認すればいいんだな」

オーが椅子から立ち上がった。壁にかけてあった透き通った大きな刃物を手に取る。

「私が行って見てくる。生存者がいたら助ける。いなかったら大型弾頭で一発だ。それでいいな？」

「待て！」

そう言って立ちはだかったのは、カカプアだった。

「俺もついていく」

「ここで待っていろ」

「だめだ。おまえは信用できない。怪物を倒すために、嘘をつくかもしれない。生き残りを置いてくるかもしれない。ホンアプレの民のために、俺がこの目で見る」

「む……」

オーは言葉を切った。

カカプアが立ったのを見て、ク・プッサも声をあげた。

「俺も行く。俺が……焼くなと頼んだんだからな」

ク・プッサまでもが立ったので、戦士の誇りが刺激されたのか、残るアルワラ族も立ち上がった。口々に言う。

「俺も行かせろ」「船の仲間も生きているかもしれない」「このまま引き下がれるか！」

「静かにしてくれ」

ごく普通の口調だったにもかかわらず、オーのひとことには重い威圧が含まれていた。

皆は黙り込んだ。戦ったことのないク・プッサにさえ、この男が数々の修羅場を潜り抜けてきたことが感じ取れた。

「あまり大勢で行っても目立つ。最初の三人までだ。それ以上は邪魔だ」

ク・プッサは、ふと嫌なことに気づいて、仲間たちを振り返った。最初の一人はカカプアだったが――ク・プッサの後で立ち上がったのは、ノワクだった！

「アレクサンドル、来い」

「俺もか？」

「おまえが提案者だ。それに……」

オーが、ク・プッサたちに目をやった。そういうことか、と巨漢が苦笑する。

「わかった、面倒を見るよ」

ぐらり、と足元が揺れた。ク・プッサたちのいる、この不思議な家――水《ナン》・の中《マ》・の丸太《ダウ》が、動き始めたようだった。

水《ナン》・の中《マ》・の丸太《ダウ》は、その場で海面に出ようとはしなかった。アレクサンドルの説明では、村から死角になる、島の裏側に回りこんでいるそうだった。

アルワラの戦士たちは、あぐらをかいて座ったまま、重苦しい雰囲気で沈黙していた。その場の勢いで上陸を申し出たが、先ほどの凄惨な光景は生々しく目に焼きついていた。

それに、落ち着ける環境でもなかった。一度も見たことのない、木とも石とも違うまっ平らな奇妙な壁に囲まれているのだ。

自分たちの行く末を考えると、ク・プッサはとうていくつろぐ気になれなかった。ノワクもカカプアもそのようだった。

すると見かねたのか、アレクサンドルが一人一人に飲み物を出してくれた。見慣れない、透き通った夕日の色の温かい液体に、皆が戸惑って顔を見合わせた。カカプアが意を決して呑んだ。

「……毒ではないな。甘い」

それを聞いてようやく、ク・プッサたちも口をつけた。

カカプアを見ていたアレクサンドルが言った。

「君は勇気があるな。俺たちを恐れない。このチームの指導者なのか？」

アルワラの戦士たちは、飲み物をかかえこんだままうつむいた。助けられたとはいえ、肌の色も髪の色も違う、何者ともわからない男が相手なのだ。口元をこわばらせて、沈黙していた。

ただ、ク・プッサはそれほど恐れていなかった。どういうわけか、この人は恐ろしい相手ではない、という気がしたのだ。

カカプアが黙っているので、彼の様子をうかがいつつ、口を出した。

「こいつはカカプア。『頼もしい櫂』だ。去年の『戦士の駆け足』で一番になった。とても強い」

「ほう？」

アレクサンドルは、カカプアからク・プッサに目を移した。

「じゃあ、きみは？」

「いや、おれは……」

「照れなくてもいい、君がさっき、そこの友達を救ったところを、俺は見ていたよ。名前は？」

「……ク・プッサ」

「意味を聞いてもいいかね？　呪いや祟《たた》りなどのおそれがなければ」

「細いヤシの葉、だ」

「なるほどぴったりだ。きっと、細いがすばしこい戦士なんだろうな」

仲間たちから失笑が上がったが、ク・プッサは徐々に、この男に親しみを抱くようになってきた。彼はク・プッサがしたことをきちんと見た上で、このように言ってくれているようだ。そんな扱いを受けたことはあまりなかった。

ク・プッサが話の糸口を見つけたので、カカプアもいくらか緊張が解けたらしい。目顔で他の者を抑えて、聞いた。

「あんたたちは、何者なんだ。水の中の丸太《ナン・マ・ダウ》に住みながら、水の上のことを窓から見る。

カーニムェイソの精霊なのか」

「何の精霊だって?」

「カーニムェイソ。水底の神聖都市だ」

「ふむ、天国のようなものかな? 残念ながら違う。俺たちはもっと別の、遠いところから来たんだ。付け加えるならば、あの怪物、ETたちもな」

「遠いところ?」

「未来さ」

ク・プッサたちは、不思議な話を聞いた。アレクサンドルたちは時間を遠く遠く下った先の、子孫の世界の人間だという。その世界を食い荒らした怪物たちが、さらなる獲物を求めて先祖の時代へとやってきたから、追ってきたというのだ。

だが、ク・プッサたちにはよくわからなかった。曖昧な顔をしていると、アレクサンドルが言った。

「ひょっとして、きみらはあれか、農事暦を持ってないのか」

「レキ?」

「そりゃそうだよな、考えてみればきみらは漁撈《ぎょろう》の民だ」

一人合点したようにうなずくと、アレクサンドルは別の話をしてくれた。

それは青虫の話だった。一匹の青虫が、木の葉の上に住んでいる。しかし蟹《かに》が現れて、その木を傷つける。蟹を倒して木を救わなければ、住む葉っぱがなくなってしまう。

そこで青虫が蟹を倒しに出かける。青虫にとって、一本の木は世界そのものにも匹敵する巨大な代物だが、知恵と力と根気の限りを尽くして、少しずつ蟹を追い払うという話だ。

「この青虫が俺たち、蟹が怪物たちというわけだ。今まで何十枚の葉で、何百匹の蟹と戦ったか、わからんよ」

やはり、この男たちは戦士だったのだ。ク・プッサたちは感じ入った。カカプアが床に手を突いて頭を下げた。ク・プッサたちもならった。

「おまえたちはたいしたやつらなんだな。アレ・クサンドル。きっと怪物を倒して、ホンアプレの人々を救ってくれ」

「いやいや、きみらこそたいしたもんだ。コンパス一つないのに太平洋を支配しているんだからな。ひとつ、力を合わせてETをやっつけよう。……お、ちょっと待て」

オーが呼んでいた。そちらへ行ったアレクサンドルが、じきにカカプアも呼び寄せた。するとなんとなくその場の空気が緩《ゆる》み、戦士たちはほっと一息ついて、おのおのしゃべり始めた。

「おい」

ク・プッサに話しかけてきたのは、ノワクだった。どうせまたからかうつもりだと思い、ク・プッサは無視しようとした。

「おい、ク・プッサ。……一度助けたぐらいで、恩に着せるなよ」

やはりそうだった。嫌なやつだと思い、ク・プッサはそっぽを向き続けた。

アレクサンドルとカカプアが戻ってきて言った。

「島の裏側に着いた。敵はいないようだ。上陸するぞ」

4

カカプアとク・プッサとノワク、それにアレクサンドルとオーの五人は、泳いで礁湖を渡り、ホンアプレ島に上陸した。心配していた大烏賊の襲撃はなかった。

マングローブの木々の間に這い上がると、メッセンジャーたちは武装を確かめ合った。オーは透明な大剣、アレクサンドルは肩に担ぐ形の太い筒だった。使いにくそうな棍棒だ、とク・プッサは思った。

そのク・プッサたちには、拳ほどの大きさの、虫の繭《まゆ》のような灰色のものが、三つずつ与えられた。不思議そうにひねくり回す戦士たちに、オーが言った。

「敵に迫られたら、それを投げつけろ」

「いらねえよ、こんなもの。俺たちにはこれで十分だ」

そう言って木槍をかざすノワクに、いいから持っていろとオーが繭を押し付けた。

「峠から村を見たいな。どっちだ？」

「あっちだ」

アレクサンドルが先頭に立ち、その後ろから、島に来たことがあるカカプアが指示した。後尾はオーが固めた。

ホンアプレ島は中央に小高い山のある空豆形の島で、朝食と昼食の間に一周できる程度の大きさしかない。一行はたいして時間もかけずに稜線にたどり着いた。アレクサンドルが腹ばいになって岩の陰から顔を出し、小さな筒を前方に向ける。やがて彼がつぶやいた。

「なんだ、あれだけか」

「少ないのか」

後方を警戒したままオーが訊く。アレクサンドルが答える。

「汀線《ていせん》付近に小型の格闘型《RET》が十体ほど。森へ二十メートル入ったところに、やや大きな砲台型《CET》が三体。船団と蜂をやったのはこいつらだな。どいつの体も非金属質のようだ」

「こんな小さな火山島では鉱脈もあるまい。シリコン系だろう」

「多分な。他に、なんだかわからんが鈍重なやつが、砂浜に一体……あっ、泳ぎだした。あの烏賊だ。遊泳型《SET》だ」

「見えないぞ」

彼の横に顔を出して、ノワクが言う。アレクサンドルが押さえる。

「こら、顔を出すな。敵は木陰にいる。肉眼では見えんよ」

なおも入念に観察を続けてから、アレクサンドルはこちらに向き直った。唇の端を歪めて、険しい顔をしている。

「人間は、見当たらない。族長もだ。クラデレクといったか」

「きちんと隅々まで見たのか？」

すかさずカカプアが詰め寄る。アレクサンドルは首を振る。

「村の向こう半分はまだだ。しかし、もし生き残っているとしたら、こちら側に一人もいないなんてことが考えられるか？」

「そんなこと、行ってみなければわからないだろう！」

カカプアが激して立ち上がろうとしたので、アレクサンドルがあわてて腕を引いた。

「座れ、行かないとは言っていない」

「そ、そうか」

「まあちょっと冷静になれ。あの村に知り合いか家族でもいるのかもしれんが……」

「ラヴカの家族がいる」

「前にも聞いたな。それは誰だ？」

カカプアは少し頬を赤らめて、言った。

「俺の嫁になる女だ。その父母とも会ったことがある」

ク・プッサは、無意識に自分の胸を押さえた。

ふむ、とあごに手を当てたアレクサンドルが、オーと何か目配せしあった。

オーが言う。

「ここから先は敵地だ。五人でも多い。ノワク、俺とここに残れ」

「なんでだよ、俺だって村の人を助けに来たんだぞ」

「敵が退路を断とうとするかもしれない。それを防ぐために、腕っぷしの強い男にいてほしい」

オーに真顔で言われると、ノワクは戸惑ったように口を閉ざし、やがてその場に座り込んだ。

「まあ、そういうことなら……」

うまいな、とク・プッサは思った。ナーン・サプウェやトクトワの手管に似ている。

アレクサンドルがオーと武装を交換して、言った。

「よし、行くぞ。カカプア、ク・プッサ」

「ああ」「わかった」

彼に続いて、二人はそろそろと動き出した。

稜線を盾にしてぎりぎりまで目的地へ近づき、急斜面を下って最短距離で村へ入る。生い茂るシダの葉陰に隠れて移動しながら、ク・プッサはカカプアに聞いた。

「村のこっちには何があるんだ？」

「瞑想の室《むろ》がある」

「神殿か」

横から聞いたアレクサンドルに、カカプアは首を横に振ってみせた。

「神殿はポナペ島にしかない。雨と太陽の神を祀《まつ》るのはアウェネーの仕事だ」

「なんでもいいが、そこは村人全員が入るほど広いのか？」

「入らない。……普段なら。だから早く助けたいんだ」

つかの間あごを撫でたアレクサンドルが、急いだほうがいいな、と言った。

やがて三人は、パンの木の丸太を緻密に組み合わせた、高床の建物の裏に出た。そのま
ま近づこうとするカカプアを、ク・プッサは引き止めた。

「なんだ？」

「しっ」

耳を澄ませる。見通しのいい海の上でならともかく、陸上でならク・プッサは自分の耳
に自信があった。

「……いるな」

「本当か？」

「中に何かたくさんいる」

そう言ってから、ク・プッサは自分の言葉の含みに気づいて、ぞっとなった。

何かとはなんだ。村の人間ではないのか。

それに、この周りの静けさはなんだ？　人が人を閉じ込めているのなら、見張りをつけるのが当然だ。ここにはそれが一人もいない。

「罠かもしれない」

ク・プッサはそう言ったが、カカプアは聞いていないようすで、柱を伝って建物の裏に這い上がった。ク・プッサは仕方なくその後を追った。アレクサンドルは、周囲に十分用心しながら建物の足元まで来た。

カカプアが丸太の隙間から中を覗いた。そして、ぐっと喉を鳴らした。

「カカプア？」

こちらを向いたカカプアは、笑みとも泣き顔ともつかぬ、奇妙な表情を浮かべていた。

ク・プッサは、強い不安を抱いたまま彼に近づき、室内を覗いた。

最初は、何が見えているのか理解できなかった。

南海のポナペ島やその他の島に生える木の一種に、タコの木《パンダン》がある。

放射状の葉を持つ背の高い木で、夏に花を咲かせて実をつける。特徴的なのは根の部分だ。この木を上から下へと見ていくと、普通の木と違って、中央の幹が地面より少し上で途絶えている。幹の代わりに、何十本もの細い気根が枝分かれして広がり、幹を支えている。

薄暗い室内の光景を見たク・プッサは、まずそれを連想した。数多くの気根が、部屋の床に堆積した苔むした岩のようなものから生えている。

ク・プッサはざわりと鳥肌立った。はっきり理解するより先に、それが極めて忌まわしい光景であることを感じ取っていた。室内で人影が立ち上がり、部屋の中央の幹から実のようなものをもぎとって、外へ出て行った。光が差し込んで、何かに取り付かれたようなクラデレクの横顔と、室内を照らした。

気根が生えているのは、岩ではなく累々と横たわる人体だった！

どの根も頭部から、多くは顔面から生えていた。苔むしているように見えたのは、それらの人々を覆う菌糸のような細かい繊維のためだった。

「カ、カカプア」「ああ」

恐怖と嫌悪がないまぜになった思いで、二人は顔を見合わせた。二人の様子を見て上がってきたアレクサンドルが、中を見て同じように顔をしかめた。

「こいつはひどいな。Oの推測が最悪の形で当たった」

「食っているのか？」

「多分な」

「許せない。すぐに皆を助けて、こんなタコの木《パンダン》は切り払ってやる」

　カカプアが言って、怒りに歯をきしらせた。

　三人は戸口から室内に忍び込んで人々を調べたが、結果は悲惨なものだった。どの人もわずかに蠢《うごめ》いてはいたが――外から聞こえたのは彼らがもがく音だった――口から延髄まで根に貫かれていた。というよりも、この根は人々の体内で出芽して、ここまで育ったもののようだった。無理やり根を抜くと、その人は死んだ。根を切っても、やはり息絶えた。

　タコの木《パンダン》に小さな針のようなものを突き刺していたアレクサンドルが、険しい顔で言った。

「こいつは単に人間を養分にしているだけじゃないな。ヒトゲノムを基にした細胞構造まで持っている。栄養的と遺伝子的、二重の意味で人間を食っているわけだ」

「なんのためにこんなことを！」

「考えられるのはただ一つ、海を越えるため――だな。戦闘機械のままで海水に耐えるのは難しいが、生体組織を導入すれば海水への親和性が得られる」

　ク・プッサたちは聞いていなかった。カカプアが、一人の村人に駆け寄って抱き上げたのだ。その女は左手によく目立つ腕輪をしていた。

「キチワック！」

その名はク・プッサも聞き覚えがあった。ラヴカの母だ。彼女から何度も話をされたことがある。

——母さんはホンアプレの皆からうらやまれているのよ。あたしをアルワラへ送ったこと引き換えに、たくさんの代価をもらったからね。母さんはあたしのことを可愛がってくれていた。あたしも母さんが大好き。

カカプアはそれを聞いて、仲がいいんだな、と笑っていた。

ただ、ク・プッサはその話をカカプアほど素直に受け取れなかった。金と引き換えに売られてしまったら、自分なら親を恨んでしまうだろう、と思ったのだ。思ってから、微笑みあっているラヴカとカカプアを見て、素直でない自分の性根が嫌になったものだった。

今もカカプアは、自分の親のようにキチワックを抱いて、悲痛な声で呼びかけている。だが、彼女の顔にも根が深く食い込んでおり、手の施しようもなかった。

アレクサンドルが彼の肩に手をかけて言った。

「まとめて葬ってやるしかない」

じっと彼女を抱いていたカカプアが、やがて無言でうなずいた。

三人は室内に仕掛けをして、室から出ようとした。戸口を潜ったところで、階段をあがってくるクラデレクと鉢合わせした。

「おまえたち……！」「きさま！」

「待て、カカプア！」

槍を向けてその場で突き殺そうとしたカカプアを、ク・プッサはとっさに押さえた。激情に駆られているカカプアとは違って、ク・プッサには気になることがあった。

敵の族長に向けて、問う。

「クラデレク、そんなにアルワラの支配が憎かったのか？　これほどの犠牲を出すまでに？」

木槍を構えていた、老いて痩せた族長は、顔一杯に嘲弄《ちょうろう》をたたえて言った。

「犠牲だと？　ホンアプレの男と女たちは、望んで姿を変えたのだ。アルワラの醜い豚どもを倒すために、火を放つ目玉となり、人食いの烏賊になると。わしは皆が生まれ変わる手助けをしてやっているだけだ」

「なんだと……？」

すっと目を細めて、アレクサンドルがクラデレクに向かって身を乗り出した。

「おまえが寄生のきっかけを作ったんじゃないのか？　村人に何か食わせたり、埋めこんだりしなかったか？」

「なんだ貴様は？　この、薄らでかい巨人め――」

「答えろ！　最初の一人は誰だ！」

怒りの神ロペンゴのようなアレクサンドルの剣幕に、さしも傲慢なクラデレクもひるんだように見えた。くぐもった声でぼそりと答える。

「キチワックだ。それがどうかしたか」

それを聞いた途端、ク・プッサはぞくりと寒気を覚えた。

嫌な、とても嫌な予感だった。

アレクサンドルがなおも問い詰める。

「キチワックが皆に種を広めたんだな？　それはいつだ」

「だいぶ前だ。月が一回り満ち欠けするほど」

予感が、ク・プッサの中で耐えられないほど鮮明になってきた。クラデレクの告白をそれ以上聞きたくなくなり、思わずク・プッサは、とげとげしい叫びをぶつけていた。

「おまえはだまされたんだ！　村の人は生まれ変わってなどいないぞ！」

「なに？　小僧、わしらの決意を辱《はずかし》める気か！」

クラデレクは逆上の叫びを上げたが、それに対してク・プッサは何も言わず、相手の顔を見つめた。カカプアもアレクサンドルも、同じように凝視した。

三人の暗い顔を見比べたクラデレクが、「この、罰当《ばちあ》たりな――」と何か言いかけた。

そのとき、アレクサンドルが彼の横手へ回り、さっと後頭部に手を伸ばした。パキン、と乾いた音がすると同時に、老人の顔から一切の表情が消えた。眠り込む寸前のような半眼になって、その場に膝を突く。

素早く腋に手を入れて支えたアレクサンドルに、ク・プッサは訊いた。

「何をやった？」

「やはり機械的な洗脳装置があった。大脳皮質の一部をブロックするような簡単なものだろうが……。暗示だけで、同胞を犠牲にするほど信じ込むはずがないからな」

早口に言ったアレクサンドルが、む、とクラデレクの顔を覗きこんだ。

「気がついたか？」

クラデレクが再び身を起こした。その表情に、別人のような理解とおそれの色が浮いているのを見て、ク・プッサは驚いた。

クラデレクが三人を見回す。

「おまえたちは……アルワラの？」

カカプアが用心深くうなずく。ク・プッサも警戒を解く気になれない。クラデレクの顔が引きつり、体がわなわな震えている。先ほどまでの自暴自棄的な攻撃性は感じられなくなったが、代わりに何か、ひどく危険なものが湧き出しつつあるように見える。

「わしは……もう、ずいぶん……」

何かつぶやきながら、クラデレクはふらりと小屋の中に入っていった。不気味な静寂が続いた。

それがあまりに長かったので、カカプアがク・プッサに目を向けた。

「……自決したか？」

その時、凄まじい金切り声が響いた。悲鳴だった。クラデレクが何度も何度も悲鳴をあげ、なんだこれは、なぜだ、と悲痛に問いかけるのが聞こえた。

アレクサンドルがこわばった顔でつぶやいた。

「……入れるべきではなかったか」

「あいつがやったことだ。よく思い知らせるのは当然だ！」

そう言うと、カカプアは部屋に入っていった。ク・プッサは、とっさに止めようとした。

「待て、カカプア！　今は近づかないほうが――」

そう言おうとした途端、入っていったばかりのカカプアが、押し戻されるように出てきて、だ、だん！　とたたらを踏んだ。

涙で顔をぐしゃぐしゃにしたホンアプレの族長が、木槍をカカプアの胸に突き刺していた。その口から細い叫び声が漏れた。

「なぜ――なぜ、ほっといてくれなんだ！」

叫びながら、半狂乱になったクラデレクが、カカプアの腹に何度も槍を突き出した。

「クラデレク！」

アレクサンドルが、手にした大剣の背でクラデレクを叩きのめした。それとともに、ク・プッサがカカプアを引き戻した。ほんの、一瞬の出来事だった。

だが、助けるまでの短い間に、カカプアは胸と腹を三箇所も刺されていた。穴から見える白い肉に、みるみる血がにじんであふれ出した。

カカプアは膝を突いた。ク・プッサはかがみ込んで声をかける。

「大丈夫か？　しっかりしろ！」

「くそっ、油断した。あんな年寄りに……」

「しゃべるな、血を止めてやる」

ク・プッサは腰布を裂いてカカプアの身体に巻きつけた。すると背後でアレクサンドルが言った。

「二人とも、走れるか」

「ちょっと無理だ」

「じゃあ歩け。ＥＴに気づかれた。——というより、これは多分、クラデレクをやっちまったせいだな」

ク・プッサが振り返ると、森の木々の間から、異様なものたちが近づきつつあった。

十二の子供ほどの背丈がある兎だ。ただしそれらの兎は一本の細くて強い足しか備えておらず、貝のような白いつやつやした光沢をまとっており——耳のあるべき場所に、湾曲した細長い刃を持っていた。

一本足で軽快に跳ねてくる兎たちに向かって、アレクサンドルがどっしりした構えで大剣を向けた。その剣が、蜂の羽音のような音を立てて真っ白に輝き始めた。

「CTi《カッティ》ブレードを借りてきてよかったぜ」

言うが早いか、その巨体からは想像もつかない敏捷さで跳躍し、先頭の兎を脳天から真っ二つに切り下ろした。ザバッ！　と噴水のように火花が吹き上がった。

「坊やたち、逃げろ！」

ク・プッサはわずかにためらったが、アレクサンドルが時間を稼ぐだけのつもりらしいと気づき、カカプアの腕を肩に抱え上げ、室の裏へと走り出した。

細身のク・プッサにとって、カカプアの筋肉質の体は重荷だった。いくらも行かないうちに息切れして、足がもつれた。

カカプアがぜいぜいと喉を鳴らしながら言った。

「重いか――ク・プッサ――」

「ぜんぜん。赤んぼをかついでるようなもんだ」

「ふふ、悪いな――やっぱりおまえは、戦士――」

「いいからしゃべるな。おまえが死んだら……」

胸が痛んで、ク・プッサは唇を噛みしめた。誘惑が湧いていた。カカプアが死ねば、ラヴカは恋人がいなくなる。自分にも、機会が訪れるかもしれない。

「……おまえが死んだら、ラヴカが泣いちまうだろう！」

心の中の暗い思いを吹き飛ばすかのように、無理やり言葉を吐き出した。恋人の死を知って泣き崩れるラヴカなど、見たくなかった。

点々と血の跡を残して、二人は斜面を登っていった。

稜線にたどりつき、ノワクたちの待つ地点へ向かった。背後からはつかず離れず、硬質の衝撃音が伝わってきた。ちらりと様子をうかがうと、稜線に駆け上がってきたアレクサンドルが、振り返りざまに一頭の兎を大剣ではね飛ばした。続く二頭の挟み込むような斬撃をも、ほれぼれするような豪快な剣さばきではじき返した。

だが、じきに一頭の兎に切りつけられて、脇腹から鮮血を噴きだした。

ク・プッサは思わず立ち止まって叫んだ。

「アレ・クサンドル！」

後退するアレクサンドルが岩につまずいた。釣り合いを崩す。そこへ兎たちが殺到した。切り刻まれてばらばらになる彼の姿が、ク・プッサの脳裏に浮かんだ。

「動くな！」

その瞬間、叫びとともに、背後から目もくらまんばかりのまばゆい光芒が走った。太い槍のようなその光は、アレクサンドルに飛びかかろうとしていた兎たちを、三頭まとめて貫いた。

奇怪な敵が火花をまき散らして砕け散る。後ろを振り向いたク・プッサは、太い筒をかついでこちらへ向けているオーを見た。それは棍棒などではなかった。オーが筒の根元をいじると、なにやら赤熱した空箱が高々とはじき出された。再び先端がぴたりとこちらに向けられる。

「もう一発いくぞ！」

ク・プッサは、カカプアとともに、とっさに目を閉じて身を低くした。その頭上を、まぶたの裏まで赤くなるほどまぶしい光が駆け抜けた。

「弾切れ！」

筒を放り出したオーが、ク・プッサたちを飛び越えて、アレクサンドルのもとへ走っていった。ク・プッサのそばには、ノワクがやってきた。

「カカプア、すげえ血じゃねえか！　どうしたんだ？」

「クラデレクに刺された。手伝ってくれ！」

ノワクが驚いたような顔をした。それを見たク・プッサは、ノワクに向かって自分が命令してしまったことに気づいた。

彼は断るだろうとク・プッサは思った。だが、ノワクは黙ってカカプアの空いた手を肩に担いでくれた。ク・プッサが横顔を見つめると「なんだ」と言って、前を向いた。

ク・プッサは思わず尋ねた。

「やってくれるのか」

「当たり前だろ」

ノワクは不機嫌に言ったが、その口調に反して、さほど不愉快そうな顔ではなかった。二人で左右から支えれば、ずっと楽になるとク・プッサは思っていた。だが、ノワクとともに抱え上げると、安心したのか、カカプアが力を抜いてしまったので、かえって重くなった。

そこへ、オーに肩を借りてアレクサンドルもやってきた。

「おうおう、やられ放題だな、このパーティーは」

大男が、額から流れる血で半面を朱に染めながらも、軽口らしきことを言ったので、ク
・プッサはほっとした。
「ちょっと待て、後始末をせにゃあ」

そう言って、アレクサンドルが大剣の根元に触れた。すると稜線の向こうでぱっと赤い
炎がはじけ、少し遅れてズシンと地響きが伝わってきた。立ち昇る黒煙に、あの忌まわし
い室が不思議な方法で燃やし尽くされたことを、ク・プッサは悟った。

「アーメン」

「行くぞ。新手の『ラビットフット』が岬の向こうから近づいている」

オーに言われて、一行は島の裏側へと急いだ。

道のりの半分も行かないうちに敵に追いつかれた。一体どこに隠れていたのか、十頭を

越える兎が次々に襲いかかった。ひっきりなしに斬りつけてくる敵を、大剣を受け取ったオーが一人で迎え撃った。彼はアレクサンドル以上によく戦ったが、多勢に無勢なのは明らかだった。

「海だ！」

森の木々の向こうに懐かしい海面がキラキラと光って見えた。それは茜色に染まっていた。気がつけば、森の中には霧の代わりに闇が湧き始めていた。もう日暮れだった。

「飛び込め、こいつらは水の中には来ない！」

オーの叫びを背に受けて、ク・プッサたちは最後の力を振り絞った。生い茂る邪魔なマングローブの板根を懸命に乗り越え、たゆたう水の中へと進もうとした。

そのとき、横合いから茂みを割って二頭の兎が飛び出してきた。

しゃらん！　と涼しい音とともに、よくしなう刃を振り上げる。ノワクがとっさに、小脇に挟んでいた槍を片手で突き出したが、刃の一閃で、地面に叩き落とされてしまった。

「くっ」

三人はあとずさる。

突然、木々の間から石のようなものがいくつも飛んできた。それは兎に近づくと、空中でふわりと方向を変えて、吸い寄せられるように貼り付いた。

途端に、小さいが強烈な爆発がいくつも起こった。兎は吹き飛ばされて転がる。ク・プッサは、下生えの向こうに顔を出した仲間たちに気づいた。

ノワクが声をあげる。

「おまえら、水の中の丸太《ナン・マ・ダウ》で待ってるはずじゃ……」

「帰りが遅いから心配で見に来たんだよ。それより、後ろ！」

「おお、ああやって使うんだな？」

ク・プッサたちはカカプアを下ろして振り向き、オーから渡されていた灰色の繭を、敵に向かって次々と投げつけた。それは、敵の連携を崩すのに大いに効果があった。吹き飛ばされてもがく兎を、オーが俊敏に追い詰め、とどめを刺していった。

残り二、三頭まで減ると、兎たちは退却を始めた。

波打ち際のマングローブの板根に腰を下ろして、アレクサンドルが額の血を拭った。

「なんとか逃げ切ったな。一時はどうなることかと思ったが……」

「ノワク、ク・プッサ！」

カカプアの具合を見ていた仲間が叫んだ。ク・プッサたちは駆け寄ったが、告げられたのは信じがたい一言だった。

「カカプアが死んだ」

「……なんだって？」

一同はわらわらとカカプアの周りに集まった。彼は蒼白な顔で目を閉じていた。その手は、自らの首に巻いてある珊瑚の首飾りに触れていた。

　みな、呆然としていた。彼が死ぬなど、考えられないことだった。誰よりも足が速く、優しく、勇敢で、ホンアプレの稲妻を浴びても生き残ったほど強運なこの男が、あっさりとカーニムェイソへ旅立ってしまうとは……。

　仲間が彼の首飾りを取り、顔を見合わせた。その意味は明らかだった。名誉であるとともに、誰もが避けたいと思う役柄を決めねばならないのだ。

　恋人の死を、女に伝える役。

　首飾りは、ノワクに差し出された。

「受け取れよ。ラヴカに渡せ」

「俺か」

「この中ではおまえが一番腕っぷしが強い」

　ノワクはそれを受け取って、じっと見つめた。だが、不意にク・プッサに向かってそれを差し出した。

「おまえが渡せ」

「俺が？　――なぜ？」

　ク・プッサは戸惑って聞き返した。自分はその役に相応《ふさわ》しいのだろうか。相応しいとしても、なぜノワクがそれを譲る気になったのか。

ノワクが言った。

「おまえはカカプアを連れて戻ってきたじゃないか。それにその前は……礁湖で俺を助けてもくれた」

軽く頭を振ると、ノワクは厳粛な顔で言った。

「おまえは戦士だ、茂る葉《プッサ》。それを、俺は保証しなきゃいけないと思う」

「……わかった」

プッサはうなずき、首飾りを受け取った。

そして、そのノワクの態度に――彼もまた戦士なのだということを思い起こさせられた。


戦士カカプアの体を、トクトワたちの待つカーニムェイソへと流した後、プッサたちは水の中の丸太《ナン・マ・ダウ》へ戻った。メッセンジャーたちはプッサたちをねぎらい、ポナペ島へ送り届けてくれると約束した。水の中の丸太《ナン・マ・ダウ》は水に潜ったまま、動き出した。

だがその晩、プッサは眠れなかった。

その日体験した、驚きと悲しみのせいばかりではなかった。恐ろしい疑惑が、打ち消しても打ち消しても、胸の中で育っていたのだ。

耐え切れず、とうとうプッサは皆の寝ている部屋から出て、メッセンジャーたちのところへ向かった。

オーは寝ていたが、アレクサンドルはまだ起きており、不思議な光る石の下で、布より薄い布に何かを書き付けていた。神官でもないプッサは、もとより読み書きなどできなかったが、昼間に猛々《たけだけ》しく戦っていたアレクサンドルが、小さく背を丸めてもそもそと字を書いているのが面白くて、しばらく見ていた。

プッサに気づくと、アレクサンドルは微笑み、書き物のきりがついたらしいところで、こちらを向いた。

「童話を書いているんだ。昨日、聞かせてやったよな。青虫の話」

「ああ……あれか」

「この章も、なんとかめでたしめでたしで終わりそうだ。木の股の水溜りに卵を産もうとしていた蟹を、退治した。一人、勇ましい戦士の犠牲は出たが……」

「あれで、めでたい話になるのか。大勢死んだのに」

それを言うと、アレクサンドルは顔を背《そむ》けて、小さく舌打ちした。こちらを向いた顔には、後悔の色が浮かんでいた。

「すまん、きみらにとっては、とても悲しい出来事だったな。……おれたちは、慣れすぎてしまったんだ。あまりにも多くの悲劇を見てきたから」

「そんなにか」

「ああ……いや、おれなどたいしたことはない。そこで寝ているオーは、おれの百倍も長くつらい戦いを潜り抜けてきた」

水の中の丸太《ナン・マ・ダウ》の狭い寝棚を苦にする様子もなく、落ち着いた寝息を立てている男を、プッサはしばらく見つめた。この男は頼もしいが、人間としても戦士としても、とても近づけない、と思った。

プッサが何か言おうとしていることに気づいたのか、アレクサンドルが先回りして言った。

「心配しなくてもいいぞ。ホンアプレを焼き払うのはやめた。礁湖に泳ぎだしていたやつらは、外洋まで出られない、のろまな出来損ないたちだとわかったからな。おれたちの部隊だけで十分片がつく。オーストラリアからの増援が着いたら、すぐやってやるよ」

「最初の一人はわかったのか？」

「おや、あれの意味がわかっていたのか」

「わかる。ホンアプレに、あのみにくい生き物の卵を持ち込んだ者がいるはずなんだろう」

「そうだ。ＥＴは時間遡行によってどこにでも出現する可能性があるが、あんな小さな島を選んで現れるのはいかにもおかしい。オーは連中が座標をミスったんだろうと言っているが、ミスなら何もない海へ落ちてしまう可能性のほうがはるかに大きいはずだ」

「よくわからないが、人間のしわざだって考えたほうが、自然なんだな？」

「心当たりがあるのか」

アレクサンドルが身を乗り出した。

プッサは、何度も喉を開こうと努力して、ようやくその名前を吐き出した。

「多分、ラヴカだ」

5

空と海の間の地《ナン・マトル》は燃えていた。

わずか三日前に出発したばかりの浜の木々も、森の中の家や倉庫も、千人が集まった神殿も、黒煙をもうもうと噴き上げていた。礁湖の中には、たくさんの死体が浮かんでいた。

水の中の丸《ナン・マ・ダウ》太の上から、仲間たちとともにその光景を見つめながら、プッサはまだかすかな希望を抱いていた。

――彼女が、クラデレクのように操られていただけならばいいが……。

だけならば、なんなのだ。それでこんなことが正当化されるのか。

母方の故地に怪物の卵を送りこみ、皆をその餌食にした。ポナペの戦士たちがそれを退治しに出かけた隙に、今度は父祖の地をも滅ぼそうとしている。

「くそっ、あの化け物どもめ！　早く、早く岸につけてくれよ！」

　ノワクが地団太を踏み、アレクサンドルに食ってかかっている。彼のようにまっすぐ憤《いきどお》ることができれば、どんなにいいだろう、とプッサは思った。

　プッサから疑惑を聞いたアレクサンドルたちは、ノワクたちには話さないでくれた。そうしてほしいとプッサが頼んだのだ。ことがはっきりするまでは、彼女を非難にさらしたくなかった。

　だが、そのはかない望みも、今こうして崩れ去ろうとしていた。

　アレクサンドルとオーとともに膨らむ小船に乗り、戦士たちは礁湖に進入した。途端に、海面に浮かんでいた透明な袋のようなものが、大量に近づいてきた。アレクサンドルが言う。

「なんだ、このクラゲみたいなのは」

　オーが大剣を差し出し、それに触れた。途端に、細い紐のような触手が素早く伸びてきて、がっちりと剣に絡みついた。あろうことか、そいつは剣を水中に引きずり込もうとする。

　オーが剣を白熱させ、触手を焼き払って言った。

「おそらく、こいつらが本命だ。ＥＴはこれを量産するために一芝居打ったんだ」

「ホンアプレ島の化け物烏賊のほうがずっとおっかない気がするが」

「あれは遊泳型ではなかったんだと思う。浮袋型の失敗作だったんだ。遊泳型の活動時間などたかが知れているが、浮くことができれば、風と潮流を利用してどこまででも移動できる」

「そうか……こちらのほうがずっと遠くまで分散できるわけか！」

「礁湖の出口は、今通ってきたところだけか？」

オーが戦士たちに問いかける。ノワクが答えた。

「ここと、南側にも一ヵ所ある」

「よし、その二ヵ所を閉鎖しよう。おまえたちは爆礫《ばくれき》を持って、両方の出口を塞いでくれ。このクラゲどもが流れ出したら、世界中で同じものが繁殖してしまうからな」

「あんたたちは？」

「ETの元を断つ。プッサ、道案内を頼む」

プッサはうなずいた。

上陸すると、ホンアプレ島で見たのよりも一回り小さな兎が襲いかかってきた。オーとアレクサンドルが、プッサの左右に立って迎え撃った。オーは大剣を持ち、アレクサンドルは例の肩にかつぐ筒と、力の小箱をバナナの房のようにぶら下げていた。兎たちはあっさりと斬られ、貫かれていった。

「小型だな。促成で作ったのかな？」

「三日前にこんなものはいなかった」

「じゃあ、まだ生まれて三日目か」

「そうとも限らん。森の中に隠れて、男たちが留守にするのを待っていたのかもしれん」

木の上から飛びかかってきた兎を、剣を跳ね上げて両断しながら、オーが言った。

「なんにせよ、後で島中の徹底的な捜索が必要だろう。これぐらい大きな島なら、本格的な繁殖巣があっても不思議じゃない」

プッサは、悪い夢でも見ているような気分で、会話を聞いていた。自分たちの島に、いつの間にかこんなまがまがしい怪物たちが巣食っていたなんて……。

「どっちだ、プッサ」

「こっちだ」

プッサは神殿への踏み分け道を指差した。ほんの十日ばかり前に、カカプアと歩いた道だった。

不意に、プッサはぴくりと背を伸ばした。「どうした」とオーが間髪入れず問う。

「声が聞こえる」

「村人か？」

「そうだ。子供たちの泣き声だ。生きてる！」

プッサは駆け出した。二人の男がついてきた。

森から出ると、礁湖《ナン》にそびえる・神殿《マトル》が目に入った。大きな舞台のようなその上に、留守居の女子供が集められていた。周囲には十頭ほどの兎が歩き回っている。監視しているようだ。

女の一人が、乳飲み子を抱えて舞台の端へ走った。飛び込んで逃げるつもりだったのだろう。

だが怪物の反応のほうが早かった。大きく跳躍した兎が、わずか五歩で追いついて、その女を切り伏せた。集団から悲痛な声が上がった。

「あいつ！」

「これは珍しい……」

叫んだプッサは、アレクサンドルの声を聞いて、振り返った。オーと顔を見合わせていた巨漢が、プッサの視線に気づくと、いや、と首を振った。

「あの舞台の奥に建物があるな。あそこか？」

「そうだ。あれが聖廟だ」

三人は浅瀬を走って渡り、階段を登った。待ちかまえていた兎たちが襲ってきた。オーとアレクサンドルが迎え撃った。担いだ筒から光を放ちながら、アレクサンドルが言った。

「プッサ、行け。ここは俺たちが片付ける」

「わかった！」

激戦の間を駆け抜け、驚く女たちの横を通って、プッサは聖廟へ向かった。

聖廟の戸口は開いていた。片手にカカプアの槍を握り締め、肩から下げた物入れに手をかけながら、プッサは薄暗い室内を覗きこんだ。

「ラヴカ、いるか……?」

最初は何も見えなかったが、じきに、うすうす想像していたとおりの光景が目に入った。

部屋の中央にそびえる奇怪なタコの木《パンダン》と、床を埋め尽くす人影。

タコの木《パンダン》のかたわらには、薄手の肩布をまとった波打つ黒髪の少女がいて、垂れ下がった房のようなもの——礁湖に浮いていた浮袋の怪物を、抱き取っていた。みどり児《ご》を扱うような、大切そうな手つきだった。

「ラヴカ!」

プッサは聖廟に踏み込んだ。少女が振り向いた。その顔が変わり果てているだろうと、プッサは予想していた。クラデレクのように、得体の知れない狂気に取り付かれているだろうと思っていた。

そんなものはなかった。ラヴカは肌が乾き、憔悴《しょうすい》してはいるようだったが、目には理性の光があった。プッサを見ると、わずかに微笑みさえ浮かべた。そして房を抱いたまま、こちらへ近づいてきた。

「ク・プッサ。死ななかったのね。よかった、あんたは生き延びればいいと思っていた。

いい人だったから……」

ラヴカに襲われることまで想像していたプッサは、心が乱れるのを覚えた。彼女の様子は、このように優しく迎えてもらいたい、と期待したままだった。だが彼女は間違いなく怪物の眷属《けんぞく》と化していた。

混乱しながら、プッサは低い声で言った。

「他のみんなは、死んでもよかったのか」

「……」

「トクトワや、オリデや、バァモたちは？　みんな村を守るために戦いに行ったのに、死んでもよかったのか！」

「ク・プッサ……」

「それにカカプアも」

プッサは物入れから首飾りを取り出し、突きつけた。

「死んだぞ、カカプアは。クラデレクに槍で突かれて」

泣き出すだろう、と思っていた。それを冷たく見守らなければいけないと、プッサは覚悟していた。

だからラヴカが寂しげに微笑んだときには、目を疑った。

「死んだんだ、彼」

「ああ、そうだ」

「そうね……仕方ないわ。彼も船長階級《クアアエ》だったものね」

「船長階級《クアアエ》の人間を殺そうとしたのか？」

ラヴカは首飾りを受け取らず、目を伏せた。涙をはたはたと落とし、目頭を手で拭う。

プッサは問い重ねた。

「ラヴカ、どうしてこんなことをしたんだ。いや、本当におまえがしたのか？　おまえは怪物にそそのかされただけなんだろう？」

そうだ、と言ってほしかった。それがプッサの最後の望みだった。彼女もまた被害者であってほしい、というのが。

ラヴカは涙を拭うと、プッサをにらんで、震える声で言った。

「あたしがしたのよ。あたしが、アルワラの船長《クアエ》たちが憎くてやったのよ！」

言葉もなく立ち尽くすプッサに向かって、ラヴカは溜めていたものを吐き出すように、激しく言った。

「子供だったあたしを、母さんから奪い取ってここへ連れてきたのは誰？　アルワラにおもねるアウェネー族よ！　あたしをずっといじめてきたのは誰？　アルワラの神官たちよ！　あたしを閉じ込めて飢え死にさせかけたり、飲まず食わずで倒れるまで踊らせたり、血を抜いて気絶させたり！　あたし、嫌だった。本当に嫌だった！　いつもいつも船長階《クア》級のため、神官のため、アルワラのため！　あたしだけじゃない、魔法医扱いされてたアウェネー《エ》の女は、本当はみんなそう思っていたのよ！　いつか仕返ししてやろうと思っていたのよ！　だからこいつらを――」

ラヴカが、気根の刺さっている足元の人体を蹴転がした。神官の印である、何重もの首飾りが、じゃらりと鳴った。

「こうしてやったのよ」

自棄的なひきつった笑みを浮かべて、肩で息をする彼女を、プッサはじっと見つめていた。驚きに代わって、ゆっくりと痛ましい思いが湧いてきた。

「そいつは、助けの主なんかじゃないぞ」

タコの木《パンダン》に槍を向けて、プッサは言った。

「すべての海の人間を殺しつくそうとしている、邪悪な怪物だ」

「……知ってるわよ」

そうなのか？　とプッサは聞いた。ラヴカは逆に問い返した。

「あたしが、どうやってこれと手を組んだと思っているの」

「……どうやって？」

「こうよ」

ラヴカがプッサの空いている手を取り、自分の胸へ導いた。プッサは反射的に手を引こうとした。その途端に「さわって！」と鋭い声でラヴカが叱咤《しった》した。

プッサは、ラヴカの乳房に触れた。ためらっていたその手に、急に力がこもった。大きく広げた指で、やわらかな胸をまさぐる。

ごくりと唾を飲んで、プッサは手を引いた。恐ろしさに足が震えそうだった。

「……音がしない」

「そうよ」

ラヴカは顔をそむけて、口元を手で覆った。

「食わせたのよ、『それ』に。『それ』は人間のことを知りたがっていた。あたしはすべてを壊したかった。だからあたしは、自分の体で人間のことを教えてやった。『それ』は喜んであたしを調べて、人間を材料にする方法を考え出したわ」

うぐ、と喉を鳴らして、ラヴカが何かを吐き出した。プッサの前に差し出された手に、豆粒ほどの大きさの生白い塊が載っていた。

「卵よ。これを呑んだ人間は、同じように卵を吐き始める。その時にはもう操られている。人数が揃うとこうしてこもって、苗床になり、子房を作る」

「……外の、兎は？」

「あれは後から来たわ。島のどこかに巣があるんでしょうね。ホンアプレにもいた？」

「いたよ」

「じゃあ、あたしが連れて行ったのが、増えたんだ」

プッサはもう一度手を伸ばし、ラヴカの胸に触れた。ラヴカは拒まなかった。柔らかいが、鼓動のない胸だった。その中身はもうラヴカではなくて、別のものがいっぱいに詰まっているのだと考えると、気持ち悪いと思うより先に無性に寂しくなった。

プッサはラヴカを抱きしめてつぶやいた。

「なんでこんなことしたんだよ……」

「あんたならわかってくれると思ったんだけどな。戦士になれないク・プッサ、馬鹿にされっ子のク・プッサ」

「俺はもうプッサだ。戦士のプッサだ」

プッサはラヴカの両肩をつかんで、そっと押し離した。ラヴカの眉間に、徐々に怒りが溜まっていった。

「あんたも船長《クァエ》になるのね」

「おまえの気持ちはわかったよ。これからは、アウェネーの娘たちも大事にさせる」

「そんな約束を……そんな言い逃れを、あたしが、何度！」

ラヴカの目が吊りあがり、その背後でタコの木《パンダン》が激しくざわめいた。気根が次々と跳ね上がり、鋭い先端をプッサに向けた。

「何度聞いたと思う⁉」

気根がプッサに殺到した。プッサはカカプアの槍を構えて、思い切り突いた。

肉の貫かれる音がした。

「これで最後にしてやるよ、ラヴカ」

左肩と右脇を貫かれて、激痛に耐えながらプッサは言った。

手にした槍が、好きな女だったものの喉を深々と貫いていた。

「……サ……」

大きく見開かれた瞳が、ゆっくりと、眠るように閉じられていった。


夕日に染まった礁湖に、小さな筏《いかだ》に乗せられた死者が次々と流れ出していく。引き潮が彼らを堡礁の切れ目まで導き、外洋へと連れ去った。

浜には、争いを免れた女子供たちや、森へ逃れて反撃の機をうかがっていた男たちが戻ってきて、思い思いに筏を見送っていた。

渚に立つナーン・サプウェが、告別の朗唱を行う。

「水底なるカーニムェイソよ、死者の魂と肉体をどうか受け入れたまえ。悪しき者の魂はその潮でよく洗い、良き者の魂はその砂でよく磨いて、わけ隔てなく受け入れたまえ」

ラヴカも、そうやってまったく普通の人間のように送られた。アルワラの人々は、怪物にだまされていた彼女を悼《いた》み、心から涙を流した。プッサだけは、流れて行く彼女がとうの昔に死んでいたことを思い、その哀れに涙した。

プッサが真相を話した相手は、二人だけだった。アレクサンドルと、大船長《グ・クアェ》ナーン・サプウェだ。彼はラヴカとその眷属に捕らえられたものの、高齢すぎたので、苗床にされずに済んだのだ。

プッサから話を聞いた彼は、深く心を痛め、このようなことを二度と起こさないために、アウェネーの娘たちの扱いを良くすると約束した。

ラヴカとの約束は果たされた。

砂浜に座る彼のそばに、誰かが立った。振り向くと、ノワクだった。

彼は責めるような目で、プッサを見た。

「おまえ、それラヴカに渡さなかったのかよ」

「ん……ああ、これか」

赤い珊瑚の首飾りが、物入れからはみ出していた。

「おまえならきちんと渡すと思ったのに」

「渡したよ。でもいらないってさ」

立ち上がると、プッサはその首飾りを思い切り投げた。夕焼けの空に、きらきらと光りながら飛んでいく。ノワクが驚いて言った。

「いらねえなら、俺にくれりゃいいのに」

「ラヴカにやったんだ」

「へっ？」

食われる前のあの子にな、と胸の中で付け加えた。

礁湖の真ん中に、小さな水柱が立った。

「水底に届け」

プッサは言った。


「処置完了、と……」

すっかり日の暮れた海上で、アレクサンドルはいったん回収した少女の遺体を、再び海へ流した。その中に残っていたＥＴの繁殖組織を、すべて駆除したのだった。

「安らかにな」

可潜艇《サブシーブル》の甲板の上で、メッセンジャーたちは波間に消えていく少女を見送った。

ややあって、アレクサンドルが言った。

「プッサに本当のことを教えてやりたかったな」

オーヴィルが答えた。

「何をだ？」

「ＥＴは女子供を容赦したりしないってことだ」

彼は、ポナペの浜からプッサとともに、後にナン・マドールと呼ばれることになる神殿群の最初の一基を見たとき、驚いたのだ。ラビットフットというコードネームのETたちが、まるで捕虜を監視する人間の兵士のように、人々を見張っていたことに。

「手間暇かけて監視するぐらいなら始末してしまうはず。明らかにあのRETどもは、ETの規範に外れた行動を取っていた。そんなことをする理由は、正規でない系統から命令を受けていたからとしか考えられん。あのときETの指揮中枢はラヴカと同化した個体にあった」

「だから？」

「つまり、ラヴカは無慈悲な復讐鬼になっていたわけではなく、内に強い良心を残していたと言えるんじゃないか」

「それが本当だとしても、そんなことを教えて、あの少年が喜ぶと思うか？」

「最後の最後までラヴカが人間として抵抗していた、ということだぞ」

「苦しかっただろうな、それは」

アレクサンドルは沈黙した。

やがて再び彼が口を開いたとき、その声には深い疲れがにじんでいた。

「俺はプッサがかわいそうなんだよ」

「仕方のないことだった」

「戻って、慰めてやりたい」

「彼も男だ。一人でなんとかするさ。それに……おれたちは、もう眠る時間だ」

メッセンジャーは長い時を渡って、多くのETを倒さなければならない。そのために、できるだけ眠って消耗を防がなければいけないという決まりがある。

「早く入れよ」

そう言って、オーヴィルはハッチに入り、足元の船体の中へ消えた。

アレクサンドルは揺れる船体にあぐらをかき、いつまでも夜の海を眺めていた。

初出一覧

「フリーランチの時代」ＳＦマガジン2005年９月号

「Live me Me.」Progressive 27（2004年）

「Slowlife in Starship」ＳＦマガジン 2006年２月号「ハイフライト・マイスター」改題

「千歳《ちとせ》の坂も」ＳＦマガジン 2007年４月号

「アルワラの潮の音《ね》」書き下ろし

小川一水作品

第六大陸1

二〇二五年、御鳥羽総建が受注したのは、工期十年、予算千五百億での月基地建設だった

第六大陸2

国際条約の障壁、衛星軌道上の大事故により危機に瀕した計画の命運は……。二部作完結

復活の地 I

惑星帝国レンカを襲った巨大災害。絶望の中帝都復興を目指す青年官僚と王女だったが…

復活の地 II

復興院総裁セイオと摂政スミルの前に、植民地の叛乱と列強諸国の干渉がたちふさがる。

復活の地 III

迫りくる二次災害と国家転覆の大難に、セイオとスミルが下した決断とは？　全三巻完結

小川一水作品

老ヴォールの惑星

ＳＦマガジン読者賞受賞の表題作、星雲賞受賞の「漂った男」など、全四篇収録の作品集

時砂の王

時間線を遡行し人類の殲滅を狙う謎の存在。撤退戦の末、男は三世紀の倭国に辿りつく。

フリーランチの時代

あっけなさすぎるファーストコンタクトから宇宙開発時代ニートの日常まで、全五篇収録

天涯の砦

大事故により真空を漂流するステーション。気密区画の生存者を待つ苛酷な運命とは？

青い星まで飛んでいけ

閉塞感を抱く少年少女の冒険から、人類の希望を受け継ぐ宇宙船の旅路まで、全六篇収録

神林長平作品

あなたの魂に安らぎあれ
火星を支配するアンドロイド社会で囁かれる終末予言とは!?　記念すべきデビュー長篇。

帝王の殻
携帯型人工脳の集中管理により火星の帝王が誕生する——『あなたの魂～』に続く第二作

膚《はだえ》の下　上下
無垢なる創造主の魂の遍歴。『あなたの魂に安らぎあれ』『帝王の殻』に続く三部作完結

戦闘妖精・雪風〈改〉
未知の異星体に対峙する電子偵察機〈雪風〉と、深井零の孤独な戦い——シリーズ第一作

グッドラック　戦闘妖精・雪風
生還を果たした深井零と新型機〈雪風〉は、さらに苛酷な戦闘領域へ——シリーズ第二作

神林長平作品

狐と踊れ

未来社会の奇妙な人間模様を描いたＳＦコンテスト入選作ほか六篇を収録する第一作品集

言葉使い師

言語活動が禁止された無言世界を描く表題作ほか、神林ＳＦの原点ともいえる六篇を収録

七胴落とし

大人になることはテレパシーの喪失を意味した——子供たちの焦燥と不安を描く青春ＳＦ

プリズム

社会のすべてを管理する浮遊都市制御体に認識されない少年が一人だけいた。連作短篇集

完璧な涙

感情のない少年と非情なる殺戮機械との時空を超えた戦い。その果てに待ち受けるのは？

ハヤカワ文庫

著者略歴　1975年岐阜県生，作家　著書『第六大陸』『復活の地』『老ヴォールの惑星』『天涯の砦』『時砂の王』『天冥の標II　救世群』（以上早川書房刊）他多数

HM=Hayakawa Mystery
SF=Science Fiction
JA=Japanese Author
NV=Novel
NF=Nonfiction
FT=Fantasy

フリーランチの時代《じだい》

〈JA930〉

二〇〇八年七月二十五日　発行
二〇一一年七月二十五日　三刷
（定価はカバーに表示してあります）

著者　小《お》川《がわ》一《いっ》水《すい》
発行者　早川浩
印刷者　星野恭一郎
発行所　株式会社早川書房
郵便番号　一〇一 - 〇〇四六
東京都千代田区神田多町二ノ二
電話　〇三 - 三二五二 - 三一一一（大代表）
振替　〇〇一六〇 - 三 - 四七七九九
http://www.hayakawa-online.co.jp

乱丁・落丁本は小社制作部宛お送り下さい。
送料小社負担にてお取りかえいたします。

印刷・星野精版印刷株式会社　製本・株式会社明光社

ISBN978-4-15-030930-5 C0193

＊本書は活字が大きく読みやすい〈トールサイズ〉です